U0527868

# 嫉妒的男人

[挪威]尤·奈斯博 著 徐海凌 译

# THE JEALOUSY MAN
## Jo Nesbø

## / 目录 /
## SJALUSIMANNEN

### 伦敦
1

### 嫉妒的男人
25

### 队伍
131

### 垃圾
139

### 供词
163

### 奥德
177

### 耳环
215

伦敦

我不怕坐飞机。对经常乘坐飞机出行的旅客来说，死于飞机坠毁的概率是一千一百万分之一。换言之，你在同一架飞机的座椅上因心脏病发作而去世的概率，比死于坠毁的概率还要高八倍。

等到飞机平飞后，我把身体靠向一边，用我希望的那种让人放心的低沉声音，把这组数据告诉了窗边那位低声啜泣、全身发抖的女士。

"不过确实，在你害怕的时候，数据也帮不上什么忙，"我随后补充道，"我说这个是因为我非常了解你的感受。"

你——到现在为止依然直直望向窗外——缓缓转过身来看向我，就好像你此刻才意识到你身边还坐了其他人。商务舱的特点就是座椅之间多了几厘米的距离，它让人只需稍稍集中注意力，就能相信自己是独自一人。商务舱乘客也拥有一种共识，即不应打破这种幻想，彼此之间的交流应该被限定在简单的寒暄和不得不讨论的实际问题（"我能拉下遮光板吗？"）之内。而且因为身前空间足够大，去卫生间也不需要其他人起身相让，加上储物仓就在头顶，一切都无需他人的协作，的确，就算是持续半天的飞行，你仍有可能完全忽略掉身边的人。

从你脸上的表情不难看出，你对我打破商务舱的首要原则有些惊讶。你的着装有种毫不费力的优雅——那条裤子和毛衣的颜色乍看并不协调，穿在你身上却十分和谐。这一切都告诉我，距离你上一次不得已乘坐经济舱（如果你真的坐过的话），已经过去很久了。但你在哭泣，难道不是你打破了那堵无形的墙吗？另一方面，你哭泣的时候是背对着我的。显然，你并不想和同你一起坐飞机的人分享这种情绪。

嗯，但如果不说些安慰的话，那也太冷漠了，所以我希望你能明白我面临的困境。

你的脸色苍白，脸上还挂着泪水，但仍有种灵动而出众的美。或许正是那泪痕和苍白的脸色才让你显得那么美丽？我向来对脆弱和敏感的事物毫无抵抗力。我将起飞前空姐垫在我们水杯下的纸巾递给了你。

"谢谢。"你接过纸巾，说道。你勉强挤出一个微笑，将纸巾压在一只眼睛旁淌下的睫毛膏上。"但我不相信。"你说着，转过身去，将前额抵在机舱窗户的有机玻璃上，仿佛想要把自己藏起来，啜泣再一次让你的身体摇晃起来。你不相信什么？不相信我了解你的感受？随便吧，我已经做了我该做的，当然，从现在起，我就应该让你独处了。我打算看半部电影，然后睡会儿，尽管我估计自己睡着的时间不会超过一小时。不管要飞多久，我都很少能在飞行中入睡，尤其是当我知道我需要睡眠的时候。我只会在伦敦待六个小时，接着就要回纽约去。

安全带的指示灯熄灭，一位空乘人员走了过来，将我们之间那个宽大、牢靠的扶手上的空杯子重新加满。起飞前，机长告知我们，今晚这趟从纽约到伦敦的航班将飞行五小时十分钟。我们身边有些人已经放下了椅背，用毯子裹住自己；其他人坐着，脸被前面的屏幕照亮，正在等待餐食送到。起飞前，当空姐送来菜单时，我和身旁这位女士都说了"不用，谢谢"。在"经典电影单元"，我很高兴地找到

了《火车怪客》,正准备戴上耳机开始看,我听见了你的声音:

"是我丈夫的事。"

仍抓着耳机的我转过身去。

睫毛膏凝固在眼周,像是夸张的舞台妆。"他出轨了,对象是我最好的朋友。"

我不知道你是否意识到仍将那人说成你最好的朋友很奇怪,但我看不出我有任何必要向你指出这一点。

"我很抱歉,"我转而说,"我不是有意刺探……"

"不必道歉,有人关心是好事。很少有人真的这么关心他人,我们都害怕那些令人不安和悲伤的事情。"

"确实。"我说道,不确定应该把耳机放下,还是继续拿在手里。

"我猜他俩这会儿正躺在床上呢,"你接着往下说,"罗伯特总是很饥渴,梅利莎也是。这会儿他们一定正在我的丝绸床单上做爱。"

我的大脑立即想象出一对年过三十的夫妻。他负责赚钱养家,收入可观,而你负责挑选床上用品。我们的大脑是形成刻板印象的专家。有时候,这些印象符合事实,有时候则不然。

"这一定很糟糕。"我希望自己的声音听上去不要太夸张。

"我只想死,"你说,"所以关于飞机的事你弄错了。我倒希望它真的坠毁。"

"但我还有需要做的事情。"我露出忧心忡忡的神情。

这一刻你盯着我。也许这是个糟糕的笑话,或是开在了糟糕的时机,而且在此刻,说这些似乎太轻佻了。毕竟,你才说完你想死,甚至给了我一个可信的理由。这个笑话可能被认为不合时宜且毫无同理心，也可能给这个无可否认的凄凉时刻稍稍提供了喘息之机。喜剧性缓解，至少在它奏效的时候，人们都这么称呼它。无论如何，我都后悔这么说了，并屏住了自己的呼吸。接着你笑了。尽管只是泥坑中的小小涟漪，稍纵即逝，但我总算能够呼吸了。

"放轻松，"你平静地说，"我是唯一会死的人。"

我疑惑地看向你，但你避开了我的视线，望向我身后的机舱。

"在第二排有个婴儿，"你说，"商务舱的婴儿可能会哭一整晚，你怎么想这事？"

"什么叫怎么想？"

"你可以说，婴儿的父母应该理解，商务舱的乘客额外付费就是为了睡会儿。也许乘客们下了飞机就要去工作，或者第二天早晨就有会议。"

"嗯，也许吧。但只要航空公司不禁止婴儿进入商务舱，那么你就不能指望父母不带小孩进来。"

"那么航空公司就应该为欺骗我们而受到惩罚，"你小心地擦拭另一只眼睛下面，手里已不再是我递给你的纸巾，而是你自己的舒洁面巾纸。"商务舱的广告里都是乘客安然入睡的景象。"

"从长期来看，航空公司会承担相应的后果。我们并不喜欢为没得到的东西付钱。"

"但他们为什么这么做？"

"你是说父母还是航空公司？"

"我理解父母的行为，他们的钱比他们的羞耻感更多。但商务舱的服务这样降级，航空公司将来肯定会损失收入吧？"

"但如果航司对小孩不友好，也会让公众不满，公司的声誉一样会受损。"

"小孩才不在乎是在商务舱还是经济舱里哭闹呢。"

"你是对的。我指的是对婴幼儿的父母不友好,"我笑了,"航空公司可能担心那样看起来像是种族隔离。当然,这个问题也好解决,航司可以立下规定,谁在商务舱哭泣,谁就得把座位让给一位微笑着、好相处的经济舱乘客。"

你的笑声轻柔且迷人,这一次你的眼睛似乎也在笑着。很难不去想——我也这么想了——谁会对这么漂亮的女人不忠。但事情就是如此:无关外在美,也无关内在美。

"你从事什么工作?"你问道。

"我是个心理医生,也做研究。"

"你研究什么?"

"人。"

"那是自然。有什么发现吗?"

"弗洛伊德是对的。"

"哪一方面?"

"人,除了少数例外,都毫无价值。"

你笑了。"确实呀,这位……"

"叫我肖恩。"

"玛丽亚。但你不是真的相信这个说法吧,肖恩?"

"除了少数人,其他人都没价值。为什么我不该相信这个?"

"你有同情心,真正厌恶人类的人不会有同情心。"

"我明白了,所以为什么我要撒谎呢?"

"同样的原因,因为你是个有同情心的人。你小心翼翼地讨好我,说你和我一样,也害怕坐飞机。当我说自己遭遇背叛时,你安慰我说这世界上到处都是坏人。"

"哇哦，我以为我才是心理医生来着。"

"你看，甚至你的职业选择也暴露了你。你还是承认吧，对你的主张来说，你自己就是最佳反例。你是有价值的人。"

"我真希望如此，玛丽亚，但恐怕我表面的同情心不过是英式资产阶级教养的结果，而且对我之外的人而言，我并没有什么价值。"

你以几乎不可察觉的幅度向我这边靠近了一些。"那么是你的教育赋予了你价值，肖恩。但那又如何呢？是你做的事情，而不是你的思考或者感受，让你有价值。"

"我想你夸张了。我的教育只是让我遵从规则，做人们认为可以接受的行为，我并没有做出任何真正的牺牲。我适应这些，并避免不愉快。"

"嗯，至少作为心理医生，你是有价值的。"

"恐怕在职业道路上我也让人失望。我不够聪明，也不够勤奋，从来没有发现精神分裂症的解药。如果飞机此刻坠毁，这世界不过多损失一篇发表在科学刊物上的无聊文章，谈论着一些业已存在的偏见，仅仅几位心理学家会读到。仅此而已。"

"你不好意思了吗？"

"是的，这是我的另一种恶习。"

这会儿你笑得更灿烂了。"如果你消失了，连你的妻子和小孩都不会想念你吗？"

"不会。"我回答得斩钉截铁。因为我坐在过道一侧，所以无法通过转向窗户，假装在午夜时刻的大西洋上看见了什么有趣的东西来结束这场对话。而选择抽出身前座椅袋子里的杂志，又显得过于刻意了。

"对不起。"你小声说。

"没事，"我说，"你说你将会死，是什么意思？"

我们的眼神相触，这是我们第一次看见彼此。尽管这可能是后见之明，但我想我们都在这一瞥之内抓到了什么，它甚至在这时就告诉我们，这是一场可能会改变一切的相遇。事实上，它已经改变了一切。也许你也是这么想的，但很快你就分心了。当你越过扶手向我靠过来时，你发现我绷紧了身体。

你身上香水的味道让我想起了她。这是她的味道，她回来了。你靠回自己的座椅，看着我。

"我准备自杀。"你低语道。

你又往回坐了坐，端详着我。

我不知道我是什么样的表情，但我知道你没有说谎。

"你打算怎么做？"这是我唯一想到的问题。

"要我告诉你吗？"你带着一种猜不透的、大抵是被逗乐的笑容问我。

我想了一下。我想知道吗？

"不过这样说并不准确，"你说，"首先，我不是准备自杀，我已经做到了。其次，不是我杀了我自己，而是他们。"

"他们？"

"是的，我签了协议……"你看了眼手表，是卡地亚的。我猜这是罗伯特送你的礼物。是在他不忠之前还是之后送的？之后，梅利莎不是他第一个情人，从一开始他就在出轨。"……就在四个小时前。"

"他们？"我重复问道。

"自杀机构。"

"你是说……像在瑞士那样？协助自杀？"

"是的，不过协助的部分更多。区别在于，他们会杀死你，而且让你看起来不像是自杀。"

"真的吗？"

"你看起来并不相信我。"

"我……我相信。我只是很意外。"

"我理解。这件事只能我们两个知道，协议里头有保密的条款，实际上我是不能跟任何人提起这个的，但我就是……"你笑了，眼眶里有泪珠在打转，"……感到孤独。你是个陌生人。一个心理医生。你承诺会保密吧？"

我咳了一声，说："面对患者的时候，是这样的。"

"那么，我就是你的患者。我看得出来，你此刻没有预约的病人。医生，你收费如何？"

"恐怕我们不能这样做，玛丽亚。"

"当然了，这有违你们职业的原则。但你可以就以个人身份听一听吧？"

"你必须理解，对心理医生来说，这是伦理问题。如果有人向我表达自杀的倾向，我是不能袖手旁观的。"

"你不懂，现在做什么都迟了，我已经死了。"

"死了？"

"这个协议不允许反悔，三周内我就会被杀死。他们一开始就告诉我，一旦签署了协议，就没有撤回的按键，否则，事后可能会产生各式各样的法律纠纷。你现在坐在一具尸体旁边，肖恩，"她笑了，但笑声刺耳、苦涩。"你现在可以和我喝一杯，听我说一会儿吗？"你抬起修长、纤细的手臂，按下服务灯按钮，它的铃声穿过黑暗的客舱。

"很公平，"我说，"但我不会给你任何建议。"

"好的，你能保证之后都不要提起这件事吗？甚至在我死后。"

"我保证，"我说，"尽管我看不出这对你来说有什么区别。"

"噢，有区别的。如果我违反了保密条款，他们就可以起诉我，要求我赔偿一大笔钱，这样我的钱就无法留给我资助的那个机构了。"

"有什么我可以为您效劳的？"无声出现在我们之间的空姐问道。你侧身越过我，为我们点了金汤力。你的套头衫向下滑了少许，我看见你裸露的苍白皮肤，意识到你身上没有她的气味。你闻上去有淡淡的甜味和芳香，像是汽油。对，汽油。还有一种我想不起名字的树的味道。你闻上去几乎像是个男人。

空姐摁灭服务灯，离开了。随后，你踢掉鞋子，伸出一对被丝袜包裹着的苗条脚踝，让我想起了芭蕾舞。

"自杀机构开在曼哈顿的办公室让人印象深刻，"你说道，"那是一间律所，他们宣称这一切都是合法且公开的，我并不怀疑这点。举例来说，他们不会杀死有精神障碍的人。在签署协议前，你必须完成全面的精神疾病检查。你还需要撤销一切保单，这样他们就不会被保险公司起诉。剩下还有很多条款，但最重要的是保密这部分。在美国，两个成年人自愿达成的协议中的权利可以比其他国家更进一步，但如果他们的行为被人知道，尤其是被公众知晓，机构担心，人们的反应会让那些政治家制止他们。他们并不给自己的服务打广告，只服务于那些经过口口相传，才得以知晓他们存在的有钱人。"

"也是，我能明白为什么他们要保持低调。"

"他们的客户也需要守口如瓶；自杀有点像堕胎，总会让人感到羞愧。负责堕胎的诊所并不是非法经营的，但他们也不会在大门口大张旗鼓地宣传自己的业务。"

"确实如此。"

"当然了,守口如瓶和羞耻感是整个商业概念的基础。他们的客户花大价钱,就是为了在身心都很愉悦,且没有任何预期的时候,告别人世。但最重要的是,让这场自杀在他们的家人、朋友乃至全世界面前都不会被怀疑为自杀。"

"他们是怎么做到的?"

"当然,没人会告诉我们。我们只知道有很多种办法,而且这场死亡一定会发生在协议签署后的三周内。我们也不知道之前的案例是怎么做的,这样我们就不会在有意或无意的情况下,避开一些特定的场景,从而产生不必要的恐惧。我们唯一被告知的是,死亡不会有任何痛苦,我们也不会知道它何时到来。"

"我能理解对有些人而言,隐瞒自杀的真相很重要。但你是为了什么?这不正是一种复仇的方式吗?"

"你是说对罗伯特和梅利莎复仇?"

"如果你明显是自杀,那就不仅仅与羞耻感相关了。罗伯特和梅利莎会责怪自己,还会不自觉地责怪对方。这是我们时常见到的情况。举个例子,你有没有关注过有孩子自杀的家庭中父母的离婚率?或是父母自己随孩子自杀的概率?"

你只是静静看着我。

"我很抱歉,"我感到自己脸变红了,"我把复仇的欲望强加给你了,因为我觉得,如果我在你的处境中,会想做这样的事。"

"肖恩,你认为你让自己难堪了。"

"是的。"

你猛地笑了一声。"你也没说错,因为我的确想要复仇。但你不了解罗伯特和梅利莎。如果我自杀了，留下控诉罗伯特不忠的遗书，他只会否认一切。他会说我是抑郁而亡，此前也因此接受过治疗，当然，这是真的，而且到生命的最后，是我变得疑神疑鬼了。他们俩行事隐秘，也许其他人根本没有察觉到他们的奸情。我猜我葬礼过后的六个月中，她明面上会和罗伯特的金融圈子里的其他人约会。他们都为她痴狂，但梅利莎总能脱身离开，只调情，不上床。六个月后，她和罗伯特就会宣布他们都因为我的死而悲伤，因而走到了一起。"

"嗯，你可能比我更痛恨人类。"

"我不怀疑这一点。更令人作呕的是，在罗伯特的内心深处，他可能会感到骄傲。"

"骄傲？"

"一个女人如果不能完全拥有他就活不下去，他会这么看待整件事。梅利莎也会这么看。我的自杀会让他觉得自己更有分量，到头来也会让他们更开心。"

"你相信会是这样？"

"当然。你难道不熟悉勒内·基拉尔的摹仿欲望理论吗？"

"不清楚。"

"基拉尔的理论是，在满足基本的生理需求之后，我们并不知道自己想要什么。所以我们会模仿周围的人，我们珍惜他们珍惜的东西。如果你身边认为米克·贾格尔性感的人足够多，你也会希望得到他，哪怕一开始你认为他长得很恶心。如果罗伯特的分量因我的自杀而变重，梅利莎就会更想得到他，他们在一起时也就会更快乐。"

"我明白了。如果你看上去像是死于意外或者其他形式的自然死亡呢？"

"效果截然不同。我就是被命运或霉运带走的人。罗伯特看待我和我的死的方式也不同。虽然缓慢，但我最终会有神圣的光环。当有一天梅利莎惹罗伯特不开心时——她当然会这样——他就会想起我的好，想起我们在一起的日子。两天前，我给他写了封信，告诉他我将离开他去寻找自由。"

"这意味着在罗伯特看来，你并不知道他们的事情？"

"我看过罗伯特手机里他们所有的短信，但在和你说之前，我从没跟任何人提起过。"

"这封信的目的是什么？"

"一开始，罗伯特肯定会如释重负，因为他不必做那个离开的人了。不必因为离婚付出一大笔钱。而且哪怕他很快就和梅利莎搞在一起了，他的形象也不会受损。但不久后，信里埋下的种子就会发芽。我让他自由，但那是因为我坚信能找到比他更好的人。在我离开前，可能就已经存在这样一个人了。一个渴望着我的人。而只要罗伯特这么想……"

"……你就是那个被摹仿欲望所渴求的人了。这就是你去找自杀机构的原因。"

你耸了耸肩。"所以孩子自杀，父母的离婚率是多少？"

"什么？"

"是父亲还是母亲会选择自杀？我猜是母亲。"

"嗯，你说呢？"我说着，把视线投向前方座椅的靠背。但我能感觉到你投向我的目光，你想要更具体的答案。

这时，两杯酒变魔术般地从黑暗中出现，落在我们中间的扶手上，拯救了我。

我咳嗽起来。"你每天早晨醒来都会想,今天是不是我被杀死的日子。等待的时间这么长,是不是很难忍受?"

你犹豫了。你不想这么轻易地放过我。但最后你还是放手了,回答道:"如果那个念头是'今天也许我不会被杀',感觉更糟。即使我们有时会自然而然地被对死亡的恐惧压倒,产生我们从未要求过的求生本能,对死亡的恐惧也并不比对活着的恐惧更强烈。这是你这样的心理医生很熟悉的事情。"你微微加重了"心理医生"这个词。

"的确如此,"我说,"有人曾经做过有关巴拉圭的游牧部落的研究,在那里,部落会议可以决定人的生死。当他们认为一个人太老、太虚弱,只是部落的负担时,他们会杀死他。当事人不知道他会在何时、以何种方式被杀,但他能接受整件事情。毕竟,这个部落需要在缺乏食物的环境中进行漫长、艰苦的游牧。他们之所以能生存下来,正是靠着牺牲弱者,从而确保整个部落的健康。也许在年轻的时候,那个被判死刑的人也不得不在某个黑夜在小屋外挥舞棍棒,打碎某个虚弱的老姑婆的头。然而,研究表明,这种不确定性对部落成员造成了很大的压力,这可能也是整个部落预期寿命很短的原因之一。"

"压力当然存在,"你说道,打了个哈欠,穿着丝袜的脚触碰到了我的膝盖。"我也希望等待时间不要有三周这么长,但我猜他们要找到最好、最安全的方式,就需要这么久。比如说,死亡既要看上去像是意外,又要无痛,那么可能需要非常精心的策划。"

"如果飞机现在坠毁,你的钱能拿回来吗?"我啜饮了一口金汤力,问道。

"不会。他们说,因为他们在每位顾客身上都花了很多钱,而这些顾客本身又有自杀倾向,所以他们必须确保,顾客在有意或是无意对自己动手前,有在好好活着。"

"嗯,所以,你最多还有二十一天可活。"

"很快就是二十天半了。"

"那你想要怎么度过呢?"

"做我之前没做过的事。和陌生人聊天、喝酒。"

你一口饮尽了杯中酒。我的心开始剧烈跳动,仿佛预知到随后会发生什么。你放下杯子,将手覆在我的手臂上:"我想和你做爱。"

我不知道该如何回应。

"我现在去洗手间,"你说,"如果你在两分钟内跟上,我还会在里头。"

事情正在发生。不只是欲望,那种内在的喜悦感染了我的整个身体,一种许久未有的重生之感,老实说,我估计这种感觉以后也不会再有。你将手掌按在扶手上,准备离开座椅,但没有站起来。

"我想我没有那么坚强,"你叹气道,"我需要知道你会不会来。"

我又喝了口酒,缓了缓。她看向我的杯子,等待着。

"如果我已经有对象了呢?"我说道,自己都能听出声音的嘶哑。

"但你没有。"

"如果我觉得你没有吸引力呢?如果我是同性恋呢?"

"你害怕了吗?"

"是的,主动提出性需求的女人让我害怕。"

你端详着我的脸,似乎在找什么。"好吧,"你说,"我信了。不好意思,这不是我一贯的风格。但我没时间犹豫了。我们接下来该怎么做？"

我感到自己渐渐平静了下来。我的心仍跳得很快，但恐慌和想要逃开的本能都已消失不见。我转着手上的杯子，说："你到伦敦后，还要接着飞吗？"

你点点头："我还要飞去雷克雅未克。在我们降落后一小时，那趟航班就会起飞。你在想什么？"

"在伦敦找家酒店。"

"哪一家？"

"兰登。"

"兰登很好。你在那里逗留超过二十四小时，职员们就会知道你是谁。除非他们怀疑你是来偷情的，否则他们好像记不住任何事情。不过话说回来，我们不会在那里待超过二十四小时。"

"你的意思是……"

"我可以重新订明天飞雷克雅未克的航班。"

"你确定？"

"是的，这回你满意了？"

我想了想，并不开心。"但如果……"我开口，又停下了。

"你是不是担心他们可能会在我们相处的时候动手？"你问道，开心地与我碰了碰杯，"害怕醒来时发现身边躺着一具尸体？"

"不，"我笑了，"我的意思是，如果我们相爱了怎么办？你已经签署想要死去的协议，还是不可撤回的。"

"太晚了。"你说着，把你的手放在扶手上，覆在我的手臂上。

"是呀，这正是我想说的。"

"不，我是说其他事情已经太晚了。我们已经爱上了彼此。"

"有吗？"

"就一点点，但已经足够了。"你捏了捏我的手，站起身，说你一会儿回来。"足够我为还拥有三周时间感到开心。"

在你去厕所的时候，空姐过来取走我们的杯子，我向她多要了两个枕头。

你回来时，脸上带着新的妆。

"这不是为你化的，"你说，明显知道我在想什么，"你更喜欢我之前脏兮兮的样子，不是吗？"

"我都喜欢，"我说，"那你是为谁化的妆呢？"

"你觉得是为谁？"

"为他们？"我问道，向机舱方向点点头。

你摇了摇头。"我最近完成了一项调查，大多数受访女性都说，她们化妆就是为了让自己感觉好。但她们所说的'好'是什么意思呢？仅仅是'不会感到不适'吗？那种对自己真实容貌的不适？难道化妆只是我们给自己加的另一件罩袍？"

"化妆不是用于隐藏和强调的吗？"我问道。

"强调，就是对其他事物的隐藏。所有的编辑——在阐明的同时——也涉及掩盖。一个化了妆的女人希望吸引人们关注她可爱的眼睛，这样就不会有人留意到她的鼻子太大了。"

"但这是罩袍吗？我们不都想被看见吗？"

"不是所有人都这样想。没人希望暴露出自己真实的样子。顺便提一句，你知道在韩国和以色列等国家，一位女性一生中花在化妆上的时间和男人服兵役的时间一样多吗？"

"不知道，但这听起来似乎是随手拿了两个数据进行比较。"

"听上去是如此，但这个比较并不是随机的。"

"哦，不是吗？"

"这个比较，一方面以我自己为例子，另一方面它本身就是可靠的观测。假新闻并不一定意味着假事实，可能只是经过了刻意编辑。这个比较会让你怎么看待我在性别上的态度呢？我是不是在说，男人们冒着失去生命的危险为国效力的时候，女人却选择让自己变美？也许是这样。但说法只需稍稍变化，这个比较便可以表示，女人害怕真实的自己被看见，就像一个国家害怕被敌人击溃一样。"

"你是记者吗？"我问道。

"我给不值得被印出来的杂志做编辑。"

"女性杂志？"

"是的，还是最糟糕的那种。你有什么行李吗？"

我犹豫了一下。

"我是在问，我们落地之后，可以直接打车离开吗？"

"我只有手提行李，"我说，"你还是没有告诉我，你为什么重新化妆。"

她抬起手臂，用食指轻抚我的脸颊，抚摸着眼睛正下方的皮肤，就好像刚才我也哭过一样。

"我再跟你说一个有关随机事实的比较，"她说道，"每年死于自杀的人要多于战争、恐怖主义、激情犯罪，以及其他类型谋杀的受害者的总和。毋庸置疑，你是最有可能杀掉你自己的人。这就是我重新化妆的原因。我看向镜子里那个准备杀死我的人，受不了她那张裸露的脸。我化妆，并不是因为现在我恋爱了。"

我们看向彼此。在我准备握住她的手时，她先牵起了我的手。我们的手指交错在一起。

"我们对此无能为力了吗？"我低语道，突然感到奔跑时的那种呼吸困难,"我们不能买断你这份协议吗?"

她歪过头,像是想从另一个角度观察我。"如果可以这样做的话,我们说不定就不会坠入爱河了,"她说,"我们不能长久在一起的事实,是彼此吸引的重要原因,你不也是这么想的吗?她也死了吗?"

"什么?"

"那个人。那个当我问起你妻子和小孩的时候,你不愿提起的人。也是那个当我问你有没有行李的时候,你犹豫的理由。失去她,让你害怕再爱上一个你注定会失去的人。你想谈谈这件事吗?"

我看着你。我想谈吗?

"你确定你想……"

"是的,我想听。"你说。

"你给这个故事多长时间?"

"哈哈。"

我们又点了一轮酒。我开始讲我的故事。

当我结束的时候,窗外的天已经渐渐亮了,飞机向着太阳、向着新的一天飞去。

你的眼眶再次湿润了。"这太让人难过了。"你说,把头靠在我的肩膀上。

"是啊。"我说。

"你回想起来还是会心痛吗?"

"已经不是每次都会。我告诉自己,既然她不想再活下去,那么这可能是更好的选择。"

"你真的这么觉得吗?"

"你不是也这么想吗?"

"也许吧,"你说道,"但我并不确定。我像是哈姆雷特,一个犹豫不决的人。也许死亡的国度会比尘世更糟。"

"和我说说你自己吧。"

"你想知道什么?"

"一切。开始吧,如果有什么我想知道得更详细的地方,我会问你的。"

"好的。"

你讲起了你的故事。那个女孩的形象逐渐清晰,甚至比此刻手放在我手边,侧身靠向我的人更清晰。有一会儿,飞机飞进湍流区,那感觉像是连续跨过一连串小而陡峭的浪。湍流给你的声音加上了一种动画片般的颤音,我们都笑了起来。

"我们可以逃走。"等你说完你的故事,我说道。

你看向我:"怎么做?"

"你先在兰登订一间房。今天晚上,你到前台给酒店经理留一张字条,告诉他你准备去泰晤士河投河自尽。晚上你就到那边去,找个没人能看见的角落,把鞋子脱下来,留在堤岸上。然后我租辆车来接你。我们开去法国,从巴黎搭飞机去开普敦。"

"那护照呢?"你问道。

"这个我可以安排好。"

"你可以吗?"你继续盯着我,"你究竟是哪门子的心理医生?"

"我不是心理医生。"

"你不是?"

"对。"

"那你是什么?"

"你觉得呢?"

"你是那个要杀我的男人。"你说。

"对。"

"你在我去纽约签合同之前就订好了我旁边的这个座位。"

"对。"

"你真的爱上我了?"

"对。"

你缓慢地点点头,紧紧抓住我的手臂,好像害怕自己摔下去似的。

"你本来打算怎么做?"

"在排队过海关的时候,用一根针。毒药的活性成分会在一小时内完全消失,或溶入血液中。尸检报告只会显示你死于寻常的心脏病发作。在你的家族中,这是最常见的死因,我们做的相关检测也表明你有心脏病突发猝死的风险。"

你点点头。"如果我们逃了,他们会不会连你一起追杀?"

"是的,这涉及很多钱,以及多方势力,包括我们这些执行任务的人。他们也要求我们签署一份合同,期限也是三周。"

"一份自杀合同?"

"合同允许他们在没有法律风险的情况下杀死我们。如果我们不忠于自己的任务,这个条款就会生效。"

"他们不会在开普敦找到我们吗?"

"他们可是追踪专家,他们会发现我们的踪迹,然后被引到开普敦。但我们不会在那里。"

"那我们会在哪儿?"

"我能迟一些再告诉你吗?我保证那是个好地方。有阳光,有雨水,不太冷,也不太热。大部分居民都懂英语。"

"你为什么要这么做?"

"和你的理由一样。"

"但你不想自杀。完成工作可能会让你挣一大笔钱,但你现在这样做,是在拿你自己的生活冒险呀。"

我尝试微笑,说:"什么生活?"

你环顾四周,靠过来,吻我的唇。"如果你不享受我们的性生活怎么办?"

"那我就把你沉进泰晤士河。"我说。

你笑了起来,再次吻我。时间比上次稍长,嘴也张得更大。

"你会享受的。"你在我耳边低语。

"是的,恐怕会的。"我说。

你在此刻睡去,头枕着我的肩膀。我把你的座椅向后调,给你盖好了毯子。接着我调整好自己的座椅,关掉头顶的灯,尝试入睡。

当我们到伦敦时,我将你的座椅调直,帮你系好了安全带。你看起来像是一个在平安夜睡着的孩子,嘴角还挂着浅浅的微笑。空姐走了过来,收走了从肯尼迪国际机场起飞时就在我们共用扶手上的水杯,那时你在啜泣,而我们仍彼此陌生。

站在6号窗口的海关官员面前时,我看见有人推着担架跑进门内,他们穿着显眼的马甲,上面印有红色十字图案。我看了眼自己的表。在我们从肯尼迪机场起飞前,放进你杯子里的粉末生效很慢,但很可靠。你已死去快两小时了,尸检报告表明是心脏病发作,其他什么也没有。与之前每次完成任务后一样,我想哭。同时我感到快乐。

这是有意义的工作。我不会忘记你的,你是那么特别。

"请看摄像头。"海关官员对我说。

我得先把眼泪眨下去才行。

"欢迎来到伦敦。"他说。

# 嫉妒的男人

从四十座的ART-72型客机的机翼螺旋桨旁向下望去,阳光与海的环抱之中,有一座沙色的岛屿。岛上看不到植被,只有淡黄至近白色的白垩岩。卡利姆诺斯岛。

机长广播提醒我们,这可能不会是一次平稳的降落。我闭上眼,靠向座椅。从很小的时候起,我就知道自己会死于一次坠落,说得更精确些,我会从天空坠向大海,溺亡。我甚至还记得我是从哪一天开始确信这件事的。

我父亲是家族企业的副总裁之一,他哥哥赫克托尔是总裁。我们这些孩子都很喜欢赫克托尔伯伯,因为他来看我们时总是带着礼物,并且让我们坐他那辆敞篷劳斯莱斯出游,整个雅典都找不出第二辆这样的车。父亲通常在我上床睡觉后才下班回家,但那天晚上他回来得很早。他看上去累坏了,喝过茶后,在书房里给我祖父打了一个很长很长的电话。我能听出来他十分生气。当我躺上床时,他坐在我床边,我要他给我讲个故事。他思索了一会儿,给我讲起了伊卡洛斯和他父亲的故事。这对父子也生活在希腊,但他们是在一座叫克里特的岛屿上。伊卡洛斯的父亲是一位富有且非常有名的工匠,他在岛上用羽毛和蜡造出了一对翅膀,这双翅膀让他可以飞翔于蓝天之上。人们对此赞不绝口,无论到哪里,工匠和他的家人们都为人所尊敬。当父亲将这双翅膀交给伊卡洛斯时,他叮嘱儿子一定要按他的方法飞行,并且只能飞和他相同的路线,这样就不会发生任何意外。但伊卡洛斯想飞去新的地方,想要飞得比父亲更高。当他飞上高空,发现自己离地面及观看者是那么远时,他陶醉了,忘记了自己并不具有飞行的超能力,忘了他之所以能够飞行,是因为他父亲给了他一双翅膀。在过度膨胀的自信心之下,他飞得比父亲更高,太过靠近太阳,而太阳融化了固定双翼的蜡。就这样,伊卡洛斯坠入海中,溺水身亡了。

长大后再回想,总觉得父亲说的这个稍微改编过的伊卡洛斯神话,似乎是一种对我的预警。赫克托尔没有孩子,在合适的时候,等父亲也卸任后,由我和哥哥来接手公司,似乎也是顺理成章的事情。直到长大后,我才知道,大约在那个时候,由于赫克托尔鲁莽地赌金价,我们的家族企业濒临破产,我的祖父解雇了他,但顾及面子,还是让他保留了总裁的头衔和办公室。实际上,此后都是我父亲在管理公司。我始终没能弄清那天晚上他给我讲的睡前故事中的儿子指的是我,还是赫克托尔伯伯。但这个故事的确给我留下了极深的印象,因为自那以后,我就开始做有关坠落和溺亡的噩梦。事实上,在有些夜里,梦似乎是温暖而愉快的,在睡梦中,一切痛苦都不复存在。谁说人梦不到死亡呢?

飞机穿过气流,颠簸起来,我听见周围乘客急促的呼吸声。有那么一两个瞬间,我感觉自己摆脱了引力,我梦中的坠落时刻来临。当然,这一刻并没有到来。

下飞机时,我看见小小的航站楼旁,希腊国旗被风吹得笔直。经过驾驶舱时,我听到飞行员对空姐说,机场刚被封闭,他们今天可能无法返回雅典了。

我跟着其他乘客走进航站楼。一个穿着蓝色警察制服的人正双手抱臂站在行李带前,打量着我们。我径直走向他。他疑惑地看着我,我点点头，表示确认。

"我是乔治·科斯托普洛斯。"他说道，并伸出了一只覆有浓密黑毛的大手，紧紧地握住了我的手，但并不夸张，因为有时地区警员与首都派来的警员这时候会暗暗较劲。

"巴利调查员，感谢你这么快就赶来了。"

"叫我尼科斯就好。"我回答道。

"实在不好意思，我没能早些认出你来，但你的照片实在不多，而且我以为你会……呃……年纪更大些。"

我大概是从母亲那边遗传了不太显老的外貌。我的头发是银灰色的，不再是年轻时的鬈发。尽管近来肌肉愈来愈少，我还是保持着七十五公斤的临赛体重。

"你不觉得五十九岁已经够老了吗？"

"天哪，当然足够了。"他回复道。我猜他说话的声音比他天生的音域要低沉一些。略带挖苦的笑容在小胡子下绽开，是那种典型的雅典男人从二十年前就开始留的胡型。但他的眼神很温和，我猜我和乔治·科斯托普洛斯的相处不会遇到什么麻烦。

"只是我在警察学院念书时就常听到你的名字，对我来说那似乎已经是很久以前的事了。需要我帮忙拿什么行李吗？"

他扫了一眼我带的包。我有种感觉——他问的不只是我随身携带的这些东西。我对这个问题也没有什么好答案。旅行时，我背负的比大多数人都更多，但它们只能由我独自背负。

"只有手提行李。"

我们离开航站楼，走向一辆布满灰尘、前挡风玻璃也满是污渍的小型菲亚特汽车时，乔治说："我们找到了弗朗兹·施密德，那个失踪男人的兄弟，就在波西亚的警局。"我猜他是为了不让车被阳光直射,才停在了石松下头的,结果黏糊糊的树液滴得到处都是,不用刀刮根本弄不下来。事情都是这样的,你护住脸,就会把心脏暴露出来,反之亦然。

"我在飞机上读过报告,"我一边说着,一边把行李放在后座上,"他有交代别的吗?"

"没有,他坚持之前的说法。他的兄弟朱利安在早晨六点离开房间后就再也没有回来。"

"报告上说朱利安是去游泳了?"

"这是弗朗兹的说法。"

"你不相信他?"

"不信。"

"在卡利姆诺斯这样的度假岛上,溺水身亡没有那么罕见吧?"

"确实。如果不是有目击者称前一晚兄弟俩打过架,我可能会相信他的话。"

"是的,我也注意到了。"

我们折向一条坑坑洼洼的窄道,道路两旁是光秃秃的橄榄树和白色的小石屋,这一定是岛上的主干道。

"他们刚刚关闭了机场,"我说,"我猜是大风的缘故。"

"这种事情经常发生,"乔治说,"这就是把机场建在全岛最高点带来的麻烦。"

我明白他的意思。当我们驶入山间时,旗杆上的旗子就软绵绵地垂下来了。

"幸好我晚上的飞机是从科斯岛出发。"我说。在我的上司批准我的行程前,谋杀案调查组的秘书已经检查过出行路线了。尽管我们优先处理涉及外国游客的案子,但能被批准出行的条件之一是,调查时间要控制在一个工作日内。大部分情况下我都能做主,但传奇警探巴利依然受制于预算缩减。就像上司说的:这是一宗没有尸体、没有媒体关注度,甚至没有合理的依据去怀疑是谋杀案的案子。

晚上没有从卡利姆诺斯岛返程的航班,但想离开的话可以前往科斯岛的国际机场,乘渡轮只需要四十分钟,所以上司咕哝着批准了这次调查,同时提醒我他的批准是在缩减差旅费的前提下,所以除非我想自掏腰包,否则应该避开那些价格过高的景点餐馆。

"现在这天气,恐怕去科斯岛的船也不会开。"乔治说。

"这种天气?阳光明媚,除了山顶,也几乎没有风呀。"

"我知道从这儿看很不可思议,但去科斯岛得经过一片开阔的海域,船在这样的晴天里也经常出事。我们为你订了酒店,也许明天风就停了。"

他说的是风"也许"明天就停了,而不是那种典型的乐观论调"一定会停",我听出天气预报对我和我的上司都不是很好。我为自己包里没带够东西发愁起来,也有一点点担心上司。也许我可以在这里稍微休息一下,毕竟我是那种哪怕知道自己需要假期,也不会主动休假的人。或许是无妻无子让我在假期感觉很糟。假期不仅让我觉得浪费时间,还增强了那无可否认的自找的孤独感。

"那是什么?"我指向车的另一侧,问道。那里四面都是陡峭斜坡,看起来像是一个村庄。但我看不到任何生命活动的痕迹。它看起来像是用灰色岩石雕刻出来的模型,一栋栋小房子像是用乐高拼成的,一堵墙把整个村子围了起来,所有房子都是同样单调的灰色。

"那是帕莱霍拉,"乔治说,"建于十二世纪,拜占庭时期。当时卡利姆诺斯岛上的居民发现敌船靠近,就会逃进那片房子里,设好路障。一九一二年意大利人入侵时,还有盟军轰炸这座岛时,以及

'二战'期间被用作德军基地时,居民都躲在里头。"

"这一定是必去景点吧。"我说,没提房子和防御工事看起来根本不像拜占庭风格。

"嗯,"乔治说,"实际上并不尽然。从远处看起来,那儿是不错。但上一次修缮它们的人还是十六世纪的医院骑士团呢。帕莱霍拉杂草丛生,到处都是垃圾和山羊,教堂都已经被用作厕所了。如果你爬得上石阶,倒是可以上去。但因为后来的塌方,现在上去更难了。当然,如果你真的感兴趣的话,我能给你找个向导。我敢说整个石头村只会有你一个游客。"

我摇摇头。但我确实被吸引了。我意识到我总是被拒绝我的事物所吸引。不可靠的叙述者。女人。逻辑问题。人类行为。谋杀案。所有我不理解的事情。我智力有限,但好奇心无限。不幸的是,这是个令人感到挫败的组合。

波西亚很热闹,狭窄的单行道、小路和房子组成了迷宫。尽管快到十一月了,旺季也早已结束,街上还是到处都是人。

我们把车停在一幢两层楼房外。房子靠近港口,港湾停泊着的渔船和不怎么奢华的游艇紧挨在一起。一艘小型汽车轮渡船和一艘快艇拴在码头边,快艇的底部和顶部都设有乘客座位。从码头向更远处望去有一群人,显然是外国游客,他们正在和一个穿着海军制服的人讨论着什么。有些游客背着帆布包,顶翻盖两侧都缠着一卷卷绳子。我来的飞机上也有部分乘客背着相似的装备。攀岩者。在过去十五年里,卡利姆诺斯岛从一座供人晒太阳和冲浪的岛屿,变成了许多欧洲攀岩者的目的地;但这一切都发生在我放弃攀岩之后。那个穿着制服的人,张开手臂,指向大海,似乎是在表示,对于游客的抗议,他什么也做不了。在我目力可及处,到处都是白色的浪,但似乎没有高到危险的程度。

"我刚刚说了，麻烦会在更远的地方出现，你在这儿是看不出的。"乔治说，很明显是看懂了我脸上的表情。

"这也很常见。"我叹了口气，说道。我试着接受事实：至少目前我被困在这个小岛上了，而且不知道是什么原因，这个岛比从空中望下去还要小。

乔治先我一步走进警察局，穿过前台接待处。在从挤满人的狭窄开放式办公室中间挤出一条路时，我不断向左右点头问好。这里不仅家具看着有些年头，笨重的电脑显示屏、咖啡机和巨大的复印机也是如此。

"乔治！"隔间后头的女人喊道，"《每日新闻报》的记者打电话过来，他们想知道我们是不是抓了那个失踪者的兄弟，我告诉他们你会回电话。"

"克里斯蒂娜，你自己打电话给他们，就说没有人在这个案子里被逮捕，其余情况目前无可奉告。"

我当然理解这个。乔治希望能够安静工作，不要让那些歇斯底里的记者和其他干扰因素来碍事。或者，他这是为了向我这个从大城市来的人展示，在小地方也有专业人士？如果真是这样，对我们工作的关系再好不过。这样我就无须以经验告诉他，从原则上来说，把细节一一道出是对付媒体的糟糕策略。当然，由于弗朗兹·施密德是自愿接受询问的，所以严格来说他并没有被逮捕，甚至不是被传唤。如果被发现——这儿可没有"如果"一说——弗朗兹在警察局被秘密关押了好几个小时，而警察不愿透露任何信息，记者便会产生怀疑，猜到里头有新闻可挖。到了那时候，最好给出一个更为公开和友善的回复，大意是警察在和所有能帮忙找出事情真相的人交谈，自然也包括失踪者的兄弟。

"喝杯咖啡吧,你想吃点什么?"乔治问道。

"谢谢,但我更希望马上开始。"

乔治点点头,走到一扇门前。"弗朗兹·施密德在里面。"他低语道。

"好的,"我也压低声音,但不到耳语的程度,"他已经提起'律师'了吗?"

乔治摇摇头。"我们问过他是否要打电话给德国大使馆,或者科斯岛的领事馆,但他说:'这对找到我的兄弟有什么帮助?'"

"你还没和他提起,你怀疑他有可能犯案吗?"

"我问过他打架的事情,但仅此而已。不过我们叫他在这里等你来,他可能已经有预感了。"

"你是怎么向他描述我的?"

"雅典来的专家。"

"哪方面的专家?找失踪人口的?还是破凶杀案的?"

"我没特意说明,他也没问。"

我点点头。乔治在门口站了片刻才意识到,他不离开我是不会进入房间的。

我走进约三米长乘三米宽的房间。房间内唯一的光来自墙高处的两扇窄窗。房间里的人坐在一张方形的小桌旁,桌上放着一壶水和一个玻璃杯。那个男人很高,前臂放在蓝漆木质桌板上,肘部弯成九十度。他有多高?大概一米九?他身材修长,但脸似乎比他二十八岁的年纪看起来更成熟,让人立刻产生一种拥有敏感天性的印象。或许是因为他平静且自得地坐在房间里,就那么笔直地坐着,好像无需外部的刺激,他的脑中就满是想法和感受。他戴着一顶鸭舌帽,是塔法里教色彩的条纹色,帽檐有个不起眼的小骷髅头。帽子下是一头深色的鬈发,和我曾拥有的一样。他的眼窝凹陷,我甚至无法立刻看清他的眼睛。同时,我意识到这里有我熟悉的东西。我花了一秒时间才想起来。是莫妮克放在牛津宿舍里的一张唱片封面。通斯·凡·赞特。他坐在相似的桌子旁,摆出差不多一样的姿势,面无表情,看上去敏感、赤裸、不设防。

"早上好。[①]"我说。

"早上好。"他回复道。

"说得不错,弗朗兹……"我瞟了一眼我从包里取出来放在面前的文件,"施密德先生。这是否意味着你会说希腊语?"我用非常英式的口音发问,他的回答和我预期的一样。

"很可惜,我不会说。"

我希望刚刚的问题已经建立起了我们对话的基础。我是一张白纸[②],对他一无所知,自然没有理由对他有任何先入为主的想法,那么他——如果他想的话——可以对新的听众改变故事的说法。

"我是尼科斯·巴利,从雅典的谋杀案调查组来。我到这里是希望能确认你的兄弟不是任何犯罪活动的受害者。"

"你怀疑他被害了吗?"他问得中性而直接。他给我留下的印象是一个务实的人,只想搞清楚事实是什么。或者说,他希望给人留下这样的印象。

"我不知道当地警方怎么想,我只代表我自己,此刻我什么都不相信。我只知道谋杀很罕见。但任何谋杀对希腊这样一个度假胜地而

---

① 这一句和下一句的原文均为希腊语。——如无特别说明,本书脚注均为译者注
② 原文为拉丁文。

言都很糟糕，因此，我们有义务让世界其他地方知道，我们非常重视这件事。就像是空难调查，我们必须找到原因，解开谜题，因为我们知道，整个航空公司都会因一桩未得到解释的空难而破产。我这么说是想解释一下，随后我会问你一些问题，可能会令你恼火，或者你会觉得这些细节和事件无关，毕竟你刚刚失去了兄弟。而且那些问题听起来好像我确信你或其他人杀害了他。但请注意，作为谋杀案的调查员，我的任务就是检验谋杀可能已经发生的假设，如果我能够排除这些假设，也是一种成功。无论结果如何，我们都会离找到你兄弟更近一步。好吗？"

弗朗兹·施密德微微一笑，但眼神依然冷静。"这听上去和我的祖父用的方法很像。"

"你说什么？"

"科学方法，根据对象来制订计划。他是当年逃离希特勒并帮助美国设计原子弹的德国科学家之一，我们……"他停了下来，用手擦擦脸，"不好意思，我在浪费你的时间。调查员，你继续问吧。"

弗朗兹·施密德和我打量着彼此。他看上去疲惫但警觉。我不知道他从我身上看出了什么，但他锐利的眼神——以我的判断而言——表明他很聪明。当他提到"根据对象来制订计划"时，他很明显是指我提出了他帮助我的动机，也就是帮助我们找到他的兄弟。这是标准操作，都在预料之中。但我怀疑他也发现了刚才的话里有更隐蔽的操控，我使用了调查技巧，让被询问者放松警惕。我提前为询问时不客气的语气道歉，并把责任归咎于希腊当局犬儒主义的经济政策，这样我看上去就会更像个诚实正派的警察，是他可以信任并把秘密和盘托出的人。

"那我们从昨天早上你兄弟失踪的时候开始吧。"

我在听弗朗兹·施密德说话的同时，也观察着他的肢体语言。他看上去很有耐心，并没有身体前倾，说话急促，声音很大，那是人们觉得自己给出的解释会是破案的关键，或者急于自证清白时的无意识举动。但也不是正相反。他没有蹑手蹑脚，就像在雷区中穿行，说话也没有迟疑。整个故事都以平静且稳定的速度展开。也许是因为他之前已经和别人说过这些了。不管是哪种情形，我对他的了解都没什么增加；那些有罪之人的叙述很多时候都比无辜者的更可信、更精确。原因可能是，有罪之人早就准备好了一个故事，而无辜的人想到哪儿说到哪儿。所以尽管我观察并分析肢体语言，但它对我来说仍然只是次要的。故事才是我的领域，我的专长所在。

虽然我专注于听他的故事，但我的大脑依然根据别的观察得出了一些结论。比如，弗朗兹·施密德就算把胡子刮得干干净净，依然看上去是某种时髦人士，那种即使天气很热，仍会在室内戴着鸭舌帽、穿着厚厚的法兰绒衬衫的人。一件夹克挂着他身后的钩子上，从尺寸上看是他的衣服。法兰绒衬衫的袖子卷了起来，比起他身体的其他部位，他裸露的手臂肌肉显得格外发达。在说话的时候，他时不时会看一看自己的指尖，并小心地捏捏他看上去比常人要粗一些的指节。他的左手腕戴了一块天梭T-touch系列的手表，带有气压计和高度计。换句话说，弗朗兹·施密德是个攀岩者。

根据案卷记录，弗朗兹·施密德和朱利安·施密德都是美国人，住在旧金山，未婚，弗朗兹在一家IT公司做程序员，朱利安则在一家知名攀岩设备品牌从事市场营销工作。我一边听他说话，一边想美式英语是如何占领全世界的。我十四岁的侄女在雅典的国际学校和她的外国朋友聊天时，就像是刚从一部美国青少年电影里走出来。

弗朗兹·施密德告诉我，那天早上他六点就醒了。他们在马苏里镇的海滩边租了间房,那里距离波西亚大约有十五分钟车程。朱利安醒得更早,他准备出门时吵醒了弗朗兹。和往常一样,朱利安准备游八百米到特伦多斯岛,他每天早晨都会游个来回。至于为何要这么早去游泳,第一个原因是这让兄弟俩有足够的时间在中午的烈日照到他们之前攀上最好的岩壁。其次,朱利安喜欢裸泳,而大约要到六点半天才会亮。第三,朱利安觉得,日出和起风前,海峡危险的水下暗流比较弱。朱利安通常会在七点回来,准备吃早餐,但这一天,他再也没出现。

弗朗兹沿着台阶走去位于屋子正下方的海湾,那里有用小碎石铺成的防波堤。那块他兄弟经常随身带的大毛巾还铺在堤的尽头,上面压着一块石头,防止它被风吹跑。弗朗兹摸了摸毛巾,是干燥的。他望向海面,只有一艘发动机突突轰鸣的渔船在海峡间行驶,他大声呼叫,但船上似乎没人听见。接着他就跑回房子,让房东打电话给波西亚的警察局。

最早来到现场的是山地搜救队,他们穿着橘色衬衫,既专业严肃又友善风趣。他们立刻出动了两条船,开始搜救。接着来的是潜水员,最后是警察。警方让弗朗兹检查朱利安的衣服是不是都在,排除了朱利安趁着弗朗兹在地下室吃早餐时偷偷回到房间,并穿好衣服离开的可能性。

搜遍卡利姆诺斯岛这一侧的海滩之后,弗朗兹和几个攀岩认识的朋友租了艘船,前往特伦多斯岛一侧。海浪拍击崎岖岩石的海岸边停了些船,警方从那里搜起。而弗朗兹和朋友则去了山上零散分布的几栋房子,问问有没有人看见一个裸泳者登岸。

搜索无果后,弗朗兹晚上余下的时间都在给家人和朋友打电话,解释现在的情况。同时,记者们(有些来自德国)通过电话联系到了他，弗朗兹简要说明了情况，表示他们仍充满希望，等等。当晚，他几乎一夜未眠。第二天天一亮，警方就打电话来，问他能不能来警局协助调查。他自然来了，那是——弗朗兹·施密德看了眼自己的天梭手表——八个半小时之前的事。"

"打架，"我说道，"跟我说说前一晚打架的事情吧。"

弗朗兹摇了摇头："那就是场愚蠢的吵嘴而已。我们在半球区的酒吧打台球，都喝得有点多。朱利安开始口无遮拦，我也还了嘴，接着我就把台球扔了过去，砸在了他的脑袋上。他倒了下去。再苏醒过来时，他直犯恶心，还吐了。我想他是脑震荡了，就把他弄进车子里，送他去波西亚的医院。"

"你们经常打架吗？"

"小时候是，现在很少，"他摩挲着下巴上的胡茬，"但我们也很少喝这么多。"

"我懂了，那么，你是出于兄弟之情带他去医院的喽。"

弗朗兹哼了一声。"讽刺得好。我想让他做个检查，这样我们就会知道第二天还能不能爬计划好的那条长攀岩路线。"

"所以你开车去了医院。"

"是的。或者说，没有到医院。"

"没去成？"

"我们离开马苏里一段时间后，朱利安坚持说他感觉好了不少，我们应该掉头。我说检查一下也无妨，但他说，去波西亚的路上可能会遇到交警，他们会查到我在酒驾。如果我入狱的话，就没有人陪他攀岩了。我确实没法反驳这一点，于是我们掉头回到了住的地方。"

"有人看见你们回来吗？"

弗朗兹继续挠着下巴："应该有人看见。那会儿很晚了，但我们停在了主干道上,所有餐馆都在那里,那里总是有人。"

"那就好。你有没有遇到任何有助于证明这一点的人?"

弗朗兹的手从下巴上挪开了。我不知道他是不是意识到抓挠可能会被解读为紧张,还是单纯只是下巴已经不痒了。"我们没有遇上认识的人。现在想想,那时候其实已经很安静了。半球区的那间酒吧可能还开着,但餐馆大概都打烊了。秋天的马苏里满是攀岩者,他们都睡得很早。"

"所以没人看见你们。"

弗朗兹坐直了。"我相信你知道自己在做什么,探员,但你可以告诉我这和我兄弟的失踪有什么关系吗?"他的声音依旧冷静而有节制,但我第一次看到他的脸上露出紧张的表情。

"我可以告诉你,"我说道,"但我很确定你自己也能想明白。"我朝桌子上的文件夹扬了扬头,"这上头写着,房东说他被一声或数声巨响惊醒,声音来自你们的房间,他还听到了拖动椅子的声音。你们回来后还在吵架吗?"

我看见弗朗兹的脸微微抽搐起来。这是因为我让他回想起他们兄弟间最后那场对话很尖锐吗?

"我之前说过,我们酒没醒,"他低声说道,"但入睡时,我们已经和好了。"

"你们为什么吵架?"

"不值一提的事情。"

"跟我说说。"

他拿起面前的那杯水,仿佛那是个救生圈。喝水。这样他就有时间想清楚哪些事情能告诉我,哪些不能。我双手交叠,静静地等待着。我当然知道他在想什么,但他似乎很敏锐,知道就算我不能从他那里得到吵架的内容,我也会找到这场争执的目击证人。他不知道的是,乔治·科斯托普洛斯已经从一个目击者那里得到了相关的信息。这就是乔治打电话给雅典的谋杀案调查组的原因,也是最终案卷出现在我——嫉妒之神——的桌上的原因。

"一位女士。"弗朗兹说。

我试图弄清楚他选这个词的深意(如果有的话)。在英式英语中,"女士"(dame)是荣誉称呼,代表一种贵族身份。但在美式英语里,它是一种"钱德勒式俚语[①]":小妞、婆娘、妹子……不一定有贬义,但肯定不是敬称。它代表男人可以得到的人,或者他需要小心看管的人。但在弗朗兹的母语德语中,它是一个完全中性的名词,这是海因里希·伯尔的《女士及众生相》教会我的。

"谁的妞儿?"我问道,想尽快找到问题的核心。

弗朗兹的脸上再度浮出一闪而过的浅笑。"这正是我们讨论的主题。"

"我明白了,弗朗兹,你可以告诉我更多细节吗?"

他看着我,犹豫了。我一直以名字称呼他,这是一种与审讯对象产生亲近感的手段,显而易见却出奇有效。而现在,我摆出的是总能让谋杀案的嫌疑人对嫉妒之神菲托努斯[②]敞开心扉的神情和肢体动作。

希腊的谋杀率很低。低到让人们发出"这可能吗"的疑问,毕竟这个国家的失业率居高不下,腐败严重,社会也不安定。讨巧的答案

---

[①] 美国作家雷蒙德·钱德勒的作品中常出现通俗、口语化且带有特定时代特色的俚语表达。
[②] 古希腊主司嫉妒之神,尤其是爱情中的嫉妒之情。

是，比起杀掉某个他们恨的人，希腊人更愿意让那个人继续生活在希腊。另一种答案是，这里没有有组织犯罪，因为我们甚至没有能力进行所需的组织。当然，我们体内仍有热血在沸腾。我们有情杀①案。如果谋杀案中的动机显示是嫉妒，他们就会找我。他们说我能嗅到嫉妒的味道。这当然不是真的。嫉妒没有独特的气味、颜色或声音。但它会有个故事。听这个故事，听它说了什么，没说什么，会让我知道自己是不是正与一只受伤且绝望的动物坐在一起。我倾听，而后知晓。知晓，是因为我在倾听的是我自己，尼科斯·巴利。知晓，是因为我自己就是一只受过伤的动物。

弗朗兹给我讲了他的故事。他讲这个故事，是因为这个故事——事实中的这一小部分——总是很好说出来的。把它说出来，讲出不公平的落败，释放这故事自然生出的恨意。为了传播我们独一无二的基因，我们交配，而当身为生物的这种首要功能受挫之时，想要杀掉挡在我们路上的任何人，也没什么不正常的。反之才是不正常的：我们被道德阻碍，外界的灌输让我们相信道德源于自然或神授，但归根结底，道德不过是一些实践性的法则，在任何时候都是由整个社会的需求所决定的。

在他们爬山间隙的一个休息日，弗朗兹租了一辆轻便摩托车，骑到了卡利姆诺斯岛北侧。在名为安普里奥的小村落，他遇到了海伦娜，她在父亲的餐馆里做服务员。弗朗兹坠入了爱河，他克服了天生的害羞，要到了女孩的手机号码。六天约会了三次后，他们在帕莱霍拉废墟的回廊上成了恋人。因为海伦娜家里有严格的要求，不让她和游客，尤其是外国游客恋爱，所以她坚持他们的约会应该秘密进行，

---

① 原文为法文。

也不让其他人在旁。毕竟在岛北边，人人都认识她父亲。因此，他们一直谨慎行事。当然，弗朗兹在餐厅初遇海伦娜之后，就把事情说给了他的兄弟听：他们说的每一句话，交换的每一个眼神，每一次抚摸，还有第一次接吻。弗朗兹给朱利安看了海伦娜的照片，还有她坐在城墙上看日落的视频。

从小时候起，兄弟俩就会分享彼此生活里的每一个小细节，这样每段经历都成了共同体验。例如，朱利安——据弗朗兹说，是兄弟中更外向的那一位——给弗朗兹看过一段他几天前偷偷拍下的视频，在视频中，他与一个女孩在她位于波西亚的公寓里做爱。

"一次玩笑中，朱利安建议我假扮成他去拜访那个女孩，看看她能不能分辨出我们俩。当然，这是个令人兴奋的主意，但……"

"但你说了'不'。"

"是的，我已经遇到海伦娜，我爱她那么深，都无法思考或谈论其他事情了。也许朱利安被海伦娜吸引也不那么稀奇。然后他也爱上了她。"

"在他都还没见过她的时候？"

弗朗兹缓缓点头："至少那时候我认为他从未见过她。我告诉海伦娜，我有个兄弟，但没说我们是同卵双胞胎，长得一模一样。我们很少跟别人说这个。"

"为什么不说？"

弗朗兹耸耸肩，说："有些人认为长得一模一样的双胞胎很怪。所以我们一般都要过段时间再提起这件事情或者安排大家见面。"

"我懂了，请继续。"

"三天前，我突然找不到自己的手机了。我找遍了所有地方，我只在那部手机里存过海伦娜的号码，而且我们每天都要发很多信息，要是没法回消息,她可能会以为我的热情已过。我决定次日开车去安普里奥找她,但第二天一早,就在朱利安去游泳的时候,我听见手机在他的外套口袋里振动。一条海伦娜发来的信息,感谢前一夜的美好,希望他们很快能够再见。我立刻明白之前发生了什么。"

他留意到我——大概是演得很糟糕的——迷惑表情。

"朱利安拿走了我的手机,"他说道,因我一副明显没有听懂的样子而几近不耐烦,"他在通讯录里找到了海伦娜的号码,用我的手机打电话给她,因为是我的号码,他自然也被当成了我。他们约会,在结束之后海伦娜都没意识到来的人是朱利安,而不是我。"

"啊哈。"我说。

"在朱利安游完泳回来后,我找他对质,他承认了自己做的事情。我气极了,于是找其他人一起去攀岩了。我们整个白天都没见,再见面就是晚上在酒吧里头。朱利安说他打电话给海伦娜,解释了一切,她原谅了他的欺骗,现在是他们俩在相爱。我自然更加生气了,并且……嗯,之后我们又开始吵架。"

我点点头。对于弗朗兹的诚实陈述,有好几种解读方式。可能是因为嫉妒带来的压力太大了,让他不得不被说出那耻辱的真相,哪怕这会让兄弟失踪的他深陷怀疑。如果这是真的——他确实杀了自己的兄弟,负罪感和失控的双重压力也会带来同样的结果:他的坦白。

接着,你会得到更复杂的解读:他猜到了我会怎么理解他的坦白,我会认为他感到自己无法抵挡来自内部的压力,这样,在坦白之后,如果他还没崩溃,并且拒不承认自己杀过人,我会更愿意相信他是无辜的。

最后,也是最有可能的解读:弗朗兹是无辜的,因此他没必要去考虑把一切都说出来的后果。

一段吉他旋律。我立刻听出是齐柏林飞艇的《黑狗》。

弗朗兹没有从座位上站起来,转身从身后墙上挂着的夹克口袋里掏出一部手机。他看着屏幕,旋律正好结束第三次重复,正准备开始变奏。约翰·伯纳姆的鼓点和吉米·佩奇的吉他,精准地在同一刻停下,又那么完美地重新开始合奏。我有一个朋友名叫特雷弗,我在牛津时他住在我隔壁寝室。他写过一篇数学论文,内容就与《黑狗》中复杂的节奏设计有关。他的文章里提到了齐柏林飞艇的鼓手伯纳姆的矛盾。在大众的认知中,伯纳姆酗酒,经常破坏旅馆房间,而他智力过人这一点却很少有人知道。在那篇文章中,伯纳姆被用来与茨威格《象棋的故事》中那个半文盲、头脑简单的天才棋手相提并论。弗朗兹·施密德也是那种鼓手或那种棋手吗?他触摸了一下屏幕,旋律停止了,接着他将手机贴在耳边。

"你好?"他说,并听着对面的回应,"请稍等一下。"他把手机递给我。我接过来。

"我是调查员巴利。"我说道。

"我是阿诺尔德·施密德,弗朗兹和朱利安的叔叔,"对面是个喉音不轻的人,他说的英语也带着十分夸张的德语口音,"我是个律师,我想知道你们是以什么理由扣押弗朗兹的。"

"施密德先生,我们没有不让他走。弗朗兹是自愿帮助我们寻找他兄弟的,我们只是把这份许可用到最充分的境地而已。"

"让弗朗兹接电话。"

弗朗兹听了一会儿电话。接着他触摸屏幕,随即把手机放在我们之间的桌子上,再把手放在手机上。我看向手机,他说他已经累了,想要马上回去休息,如果警方有什么新发现,可以打电话给他。

发现一个问题?我思索着。还是一具尸体?

"你介意我们看看手机里头的信息吗?"我说。

"我已经把它交给之前和我谈话的警察了,密码也给他了。"

"我不是说你兄弟的手机,我说的是你这部手机。"

"我的手机?"弗朗兹肌肉发达的手像爪子一样缩紧,覆在桌上的黑色物体上,"呃,这会花很长时间吗?"

"不需要拿走手机,"我说道,"当然,我知道你现在这种情况不太能离开手机,所以我需要的是对你手机上近十天的所有信息和通话记录的正式访问许可。我们只需要你在这份向电信公司索要信息的表格上签名,"我微笑起来,仿佛这是个令人遗憾但很有必要的请求,"这将有助于我们把你的名字从我们需要追踪的人的名单中去掉。"

弗朗兹·施密德看着我。借助墙上高处的窗户里透出的光,我看见他的瞳孔在扩大。瞳孔放大,让更多的光进入眼中。人们会因各种各样的原因瞳孔扩张,例如恐惧、欲望。但在现在这种情况下,我感觉他只是在高度集中注意力。仿佛他棋桌上的对手走出了意料之外的一步棋。

我仿佛能够感觉到他的大脑正在加速思考。

对于我们会检查他的手机这件事,他早就做好了准备。他已经删掉了不想让我们看见的信息和通话记录。现在他一定在想,电信运营商那边的记录可能是没法被删掉的,或者——该死的——怎么会这样?他当然可以拒绝。他可以打电话给他叔叔,确认无论是在希腊、美国还是德国的法律之下,在警方取得正式许可前,他没有义务提供任何信息。但如果他让事情变得很难办,警方会怎么看待他呢?他可能在想,这样一来我就很难把他从嫌疑人名单上去掉了。我似乎从他眼中看出了恐慌。

"当然可以,"他说,"我在哪里签字?"

他的瞳孔已收缩回去,他的大脑已经回顾了一遍所有的信息。可能没有什么关键信息。他还没向我露出底牌,但有那么一瞬间,他至少不再让我无法看穿。

我们一起离开房间,走向开放式办公室去找乔治。一只看上去十分友善的金毛寻回犬从隔断处溜了出来,扑到了弗朗兹·施密德身上,开心地叫着。

"你好呀!"弗朗兹同时叫出声,蹲下挠挠狗的耳后,是那种真正爱动物的人的惯用手法。动物似乎也有识别出这样的人的本能;这大概是为什么金毛选了弗朗兹,而不是我。这只大狗的尾巴像螺旋桨一样旋转着,它还想去舔弗朗兹的脸。

"动物比人好多了,你不觉得吗?"他说着,抬头看向我。他的脸容光焕发;突然间,他和刚刚坐我对面的那个男人判若两人。

"奥丁!"一个尖锐的声音从隔墙间传出,正是那个此前告诉乔治有记者打电话来的人。她走过来,一把抓住大狗的项圈。

"我很抱歉,"她用希腊语说道,"它知道自己不能这么做。"

她看上去三十左右,身材娇小玲珑,穿着带白丝带的旅游警察制服,十足运动风。她抬起头,眼圈红红的,而当她看到我们的时候,脸颊也变成了同样的颜色。当她拖着奥丁往隔间里头走的时候,它呜咽起来,用爪子刮着地板。我听到抽鼻子的声音。

"我需要人帮忙打印一份检查手机内容的许可证,"我对着隔间说,"就在主页上……"

她打断了我:"巴利调查员,直接用走廊尽头的那台打印机就好。"

我把头探进乔治·科斯托普洛斯的小隔间。"怎么样？"他问道。

"嫌疑人骑摩托车回了马苏里，"我说道，把有弗朗兹·施密德签字的表格递给了他，"我担心他怀疑我们盯上了他，有可能会逃跑。"

"不必担心，我们在一座岛上，预报说风还会变得更大。你是说……"

"是的，我认为他杀了自己的兄弟。你从电话公司拿到打印件后，能立刻寄给我吗？"

"没问题。要我让他们把朱利安·施密德的短信和通话记录一起发过来吗？"

"不幸的是，这需要得到法院许可，毕竟他还没有被正式确认死亡。但你是不是拿着他的手机？"

"的确。"乔治说着拉开了抽屉。

我接过手机，在他桌边坐下，输入贴在手机背后便签上的密码，浏览短信和通话记录。

没有与案件直接相关的东西。只有一条短信，说某一条攀岩线路已经被"发送"了，用攀岩者的行话说就是这条线已攀完。我的手心开始冒汗。他和其他人交换了一些祝贺。安排了晚餐，我得到了"团伙"碰头的餐厅名和时间。看起来没有争端，也没有浪漫事件。

当这部手机开始振动时，我跳了起来。手机铃声里，一位男歌手唱着悲怆的调子，用哽咽的假声唱得十分有力。这反映出手机主人是二十一世纪头十年主流流行乐的爱好者。我犹豫起来。如果我接起电话，可能就得辩称自己是朱利安的朋友、同事或亲属，还得告知对方朱利安失踪了，估计是在希腊攀岩的这段假期里溺亡了。我深吸一口气,摁下了通话键。

"朱利安?"我还没来得及开口,电话那头一位女性低声问道。

"这里是警局。"我用英语回复道,然后停了下来。我不打算继续说什么,这足以让对面的人意识到有什么事情发生了。

"抱歉,"对面顺从地回复道,"我还以为是朱利安在接电话,发生什么事了?"

"您是……?"

"维多利亚·哈塞尔,一起攀岩的朋友。我不想打扰弗朗兹……嗯,谢谢。"

她挂断了电话,我记下了这个号码。

"这个铃声,"我问道,"你知道是哪首歌吗?"

"不知道。"乔治说。

"艾德·希兰,"狗主人的声音从隔间另一头传来,"《比从前快乐》。"

"谢谢。"我回复道。

"我们还有什么可以做的?"乔治问。

我双臂交叠,思考起来。"没有,噢,实际上有件事。弗朗兹用你们的杯子喝过水。你可以拿到他的指纹吗?如果杯子边缘有唾液残留,也请取一份DNA。"

乔治清了清嗓子,我知道他接下来要说什么。取样需要得到对方同意,或者有法院的命令。

"我怀疑这个杯子在犯罪现场出现过。"我说。

"什么意思?"

"如果你的DNA检测报告显示它不跟任何人关联,只与杯子、日期和地点相联系,一切就没问题。这种做法在法律上可能说不太通，但对你我都会很有用。"

乔治挑了挑他乱糟糟的眉毛。

"我们在雅典就是这么做的。"我撒了谎。事实上，在雅典只有我时不时这么做。

"克里斯蒂娜。"乔治说道。

"什么事？"椅子刮着地面，那个穿着旅游警察制服的女孩从隔板上探出头来。

"你可以把审讯室的那个杯子送去化验吗？"

"你确定？我们有许可——"

"那是个犯罪现场。"他说。

"犯罪现场？"

"是的，"乔治说着，视线没有从我身上移开，"很明显我们这里现在也这么行事。"

晚上七点，我躺在马苏里镇上的一家旅馆的床上。大概是由于天气不好，波西亚的旅馆都客满了。这对我来说也不错，毕竟我现在住得离事发地更近。在我上方，道路另一侧的山脉上耸立着黄白色的石灰岩，在月光下显得神秘而美丽，诱人接近。今年夏天，这座岛上发生过一起致命事故，有报纸写过那件事。我记得我并不想认真读，但还是看了那篇报道。

在旅馆的另一侧，有一些山脉直插大海。

第二天的搜寻结束后，卡利姆诺斯岛和特伦多斯岛之间的海域已经平静了一些。尽管根据预报明日天气会转好，我仍被告知，第三日不会再有搜寻行动了。无论如何，如果有人被认定为在海上失踪，不管对象是不是美国人，搜寻行动都不会超过两天。风在窗玻璃上撞得砰砰作响，我能听见外面海浪拍打礁石的声音。

　　我的任务——做出判断，确定案件是否牵涉到嫉妒致使的谋杀——已经结束。下一步——技术和战术上的调查——并不是我的强项。我雅典的同事会处理好这部分工作的。现在，因天气原因，人员交接推迟，这让我在谋杀案调查上的不足隐隐显露，或者说，彻底暴露出来。我确实缺乏这类想象力，不知道杀人犯是如何谋划杀人并隐藏痕迹的。我的上司评价说，我被情绪感知占据，而切实的想象力不足。这也是他叫我"嫉妒调查员"的原因，所以我就像侦察兵，在给出案件是否牵涉嫉妒的判断后，就会被撤出战场。

　　在谋杀案中有一条二八法则。在百分之八十的案件中，施害者与被害人关系密切，而这些案件中，百分之八十的施害者是丈夫或者朋友，而他们的犯罪动机有百分之八十是嫉妒。这意味着如果我们接听谋杀案调查组的电话，那头提到"谋杀"这个词，我们就能知道，有百分之五十一的概率，作案动机是嫉妒。这也让并不擅长调查的我成了重要人物。

　　我可以准确指出，我是什么时候学会识别出别人的嫉妒情绪的。那是当我意识到莫妮克已经爱上别人的时候。我经历了所有嫉妒带来的痛苦，从不可置信，到绝望，再到愤怒、自暴自弃，最后是抑郁。也许是因为此前从未遇到过这样的情感折磨，我发现，在无尽的情绪袭来时，我就像从外面观察自己一样。我是躺在手术台上未被麻醉的病人，同时也是走廊上的旁观者，是一个年轻的医学院学生正在上他的第一堂课，内容是了解当人的心脏被从胸腔里摘除时会发生什么。嫉妒的极端主观性，与这种冷静、颇具洞察力的客观性可以并存，这似乎很奇怪。我只能给出这样的解释：我，被嫉妒占据的那个人，用了些办法让我成了自己眼中的陌生人，陌生到令我被迫成为一个惊恐的自我旁观者。我已经到了见过别人自我毁灭的年纪，但从未想过自己也会受其毒害。我错了。但令人惊奇的是，对嫉妒的好奇和着迷几乎与它带来的痛苦、仇恨和自暴自弃一样强烈。我像一位麻风病患者，盯着自己的脸，目睹它烂掉的全过程，看着自己病变的血肉，看着自己腐烂的内部，带着全部的丑陋、恶心和恐怖，逐渐暴露出来。我从麻风病中走了出来，带着永久性的清晰伤痕，但那也让我获得了免疫力。我再也感受不到嫉妒了，至少不会那样痛苦。我不知道这是不是意味着我也无法爱任何人，至少不会那样去爱。也许除了嫉妒之外，生活里还有其他部分，让我无法在其他人身上找到我对莫妮克的感觉。从另一方面来说，她让我在职业生涯中成了这样的人——嫉妒之神。

从小时候起，我就拥有一种异常的能力，那就是可以深深地融入故事之中。家人和朋友对我有各种评价，从非凡、令人感动到可悲、没有男子气概，不一而足。对我而言，这是种天赋。我不是《哈克贝利·费恩历险记》的一部分，我就是哈克贝利·费恩。我也是汤姆·索亚。当我开始上学，学习希腊语时，我自然变成了奥德修斯。当然，这故事也无须是世界文学的经典之作。一个简单的，甚至讲得很糟的出轨故事就行，出自真实，或是源于想象都可以。我置身故事之内。从第一句开始，我就是故事的一部分。就像打开了一个开关，也意味着我能够很快察觉到虚假的叙述。这并不是因为我有独特的天赋，能解读身体语言、声音特质，或找出自我防卫时人们会自动采用的修辞方法，而是因为故事本身。即使是在一个粗糙、明显虚假的角色身上，我也能读出故事的主旨、人物潜在的动机和他在故事中的位置，在此基础上，我能知道在这个人物身上，哪些事情会不可避免地引发另外的事情。因为我亲身经历过。因为嫉妒消除了你我之间的差异,超越了阶级、性别、宗教、受教育程度、智商、文化背景和家庭环境的藩篱。我们的行为开始变得一致,就像药物成瘾会导致相似的行为一样。我们都是活死人,咆哮着穿过街巷,被同一种简单的需求驱动:填补内心那个巨大的黑洞。

还有一件事。想象力的投射并不等于同情。正如荷马所说:"我理解,并不代表我在乎。"是《辛普森一家》中的荷马·辛普森。但不幸的是,在我身上,理解和同情是一体的。我和嫉妒的人一起受苦。这就是为什么我恨我的工作。

风拉扯着窗框,想要破窗而入。它想给我展示些什么。

我睡着了,梦见自己从极高的地方坠落。可以说,一小时后,坠落的人落地时,我醒了。

我的手机上有邮件。附件是弗朗兹·施密德删掉的短信和通话记录。根据这些记录,在他兄弟失踪前的一晚,他给一个叫维多利亚·哈塞尔的人打过八次电话,没有一次被接听。查过号码后,我可以确认,那就是我在朱利安电话里短暂通过话的维多利亚。但是,直到我读到那条弗朗兹发给登记在海伦娜·安布罗夏尼名下的希腊号码的短信时,我才生出那种从高处坠落,砸向地面的感觉。颤动是那么清晰,伴着血肉和石头相撞的声响,你永远,永远不会忘记。

"我杀了朱利安。"

安普里奥是个非常小的村落,坐落于卡利姆诺斯岛的最北端,主路在这里到达尽头。来到我餐桌边的女孩让我想起了莫妮克。有那么几年,我到哪儿都能看见莫妮克,她出现在每个女人的五官,尤其是眼睛里,在每个女孩流畅的背影之中。我听见她的声音,藏在每一个异性陌生人跟我说的每句话背后。但随着时间的推移,那阴影在恒久的日光下逐渐淡去。过了好几年,我终于能够站起来,在雅典的大街小巷散步,心里知道我不会再被这幽灵追逐。直到夜幕再次降临。

这女孩很美,虽然不是那种"第一眼美女",但事实上,她是美的。苗条,腿长,举手投足自然优雅。她有一双温柔的棕色眼睛。但她的脸庞并不光洁,下巴也很短。那莫妮克缺了什么呢?我已经记不起来了。也许,是举止的体面吧。

"先生,有什么我能为您效劳的吗?"

这句话带着略微夸张的殷勤——我在英国已经习惯于听到服务生用这种略带嘲讽和居高临下的语气表达自己的意思——而在这个年轻的希腊女孩口中,它是那么动人和真诚。这家迷人的家庭小餐馆里只有我们二人。

"你是海伦娜·安布罗夏尼?"

她听到我用希腊语问话,脸一下就红了,点点头作答。我做了自我介绍,并解释说我来这里与失踪的朱利安·施密德有关。当我说到我知道她和弗朗兹·施密德关系密切时,我看见惊愕的神情在她脸上绽开。她时不时回头看看,似乎是想要确定没有人从厨房出来,正好听见我们的谈话。

"是的,是的,但这和失踪的那位有什么关系?"她快速地低声说道,又气又羞,她的脸依然红着。

"你和他们俩都见过面。"

"什么?不可能!"她被冲昏了头脑,提高了嗓门,随即再次压低声音,语气恼怒,"是谁说的?"

"弗朗兹。你和他的双胞胎兄弟也在那座石头城约过会,那是朱利安假扮的弗朗兹。"

"双胞胎?"

"同卵的。"我说道。

她脸上的困惑一望可知。"但……"我能看出来她正在回想这一系列事件,困惑变成了难以置信,又变成了震怒。

"我……我和兄弟俩都约过会?"她结结巴巴地问道。

"你不知道吗?"

"我怎么会知道?如果他真有个兄弟,那他们俩还真是一模一样。"她用手按压着太阳穴,好像要阻止脑袋炸开似的。

"所以朱利安对弗朗兹说谎了?在你们去石头城约会后的第二天晚上,他并没有给你打电话,解释一切,并且取得你的原谅?"

"在那次约会后,他们俩谁都没有找过我!"

"那条弗朗兹发给你的短信呢?'我杀了朱利安。'"

她眨了好几次眼。"我不懂这条短信在说什么。弗朗兹确实告诉过我他有个兄弟,但没说他们是双胞胎,也没说他叫朱利安。当我收到信息时,我还以为朱利安是某条攀岩路线的名字,或者是他给房间里的蟑螂取的名字,诸如此类,我以为随后会有短信解释这句话。当时我们店刚刚打烊,我忙着打扫,所以只回了个笑脸。"

"我读过你给他的回复。他发的长短信,你的回复都很短。你遇到朱利安后的第二天早上的短信是唯一的例外,你头一次采取主动,而且我注意到这是唯一一条表露出了……你的爱意?"

她咬住了下唇,点点头,眼里满是泪水。

"所以,尽管朱利安并没有告诉你他不是弗朗兹,但你在遇到他之后才真的坠入了爱河?"

"我……"她似乎被抽干了全身的力气,颓然地坐在我对面的椅子上。"当我遇到那个……叫弗朗兹的男孩时,我很是激动。我想,也许我是受宠若惊吧。我们在帕莱霍拉的高处约会,那儿人很少，当然也不会有人恰好认识我的家人。那是非常纯洁的关系，最后一次道别，我允许他吻我来道晚安。尽管如此，我并没有爱上他，真的不爱。所以当他……嗯，那一定是朱利安，给我发信息约见面的时候，我说了不。我已经打定主意，要在他感觉进展不错的时候停下来。但他非常坚持，以一种……从未有过的方式坚持要见我。他很风趣。我有点自暴自弃，所以答应最后短短见上一面。当我们在帕莱霍拉见面时，一切似乎都完全变了。他，我，我们一起聊天的方式，他拥抱我的方式。他变得非常非常放松和调皮。这感染了我，我们笑得比之前多很多。我以为那是因为我们变得更熟悉对方，自然就放松下来了。"

"你和朱利安做爱了吗？"

"我们……"她紧张起来，脸又红了，"我一定要回答这个问题吗？"

"没有什么一定要回答的问题，海伦娜，但我知道得更多，就更容易破案。"

"就可以找到朱利安？"

"是的。"

她闭上了眼睛，像是在努力集中精神。"是的，是的，我们做了。而且那感觉……非常好。那天我晚上回到家，意识到自己之前是错的，我真的爱上他了，并且想要再见到他。而现在他……"

海伦娜把脸埋进手中。啜泣声从她的指缝间传来。她的手指修长而纤细，和莫妮克一样。莫妮克曾举着手指说它们看起来像蜘蛛腿。

我又问了海伦娜好几个问题，她都给出了诚实而直白的答案。

在石头城的最后一次约会后，她再也没见过弗朗兹或是假扮成他的人。她确认，在见完朱利安后的第二天早上，她给弗朗兹的号码发了信息，说她希望能够尽快再见到他，但没有收到任何回复。直到晚上，她收到了那条令人困惑的短信，"我杀了朱利安"，而后她回了笑脸。很明显，她没有尝试进一步联络，因为最后一条消息是她发的。

我点点头，稍稍有些惊讶，爱情游戏的规则从我年轻时到现在都没有什么变化，并且通过她回答我的方式，我确信她没有隐瞒什么。更精确的说法是，她没有主动隐瞒。除了羞耻以外，她拥有爱人的自由，相信爱在其他一切之上。爱情确实是最甜蜜的精神错乱，但在她这里，爱情成了最糟糕的折磨。爱向她伸出手，但很快就远去了。

我把号码留给她，她答应说，如果想起什么想告诉我，或是兄弟之一和她联络了，就打电话给我。当我说朱利安还有可能活着的时候，我看到她整张脸都明亮了起来；但当我离开时，她又陷入低落，哭了起来。


"我是维多利亚。"一个上气不接下气的声音说着。像是人在攀岩后，又用绳索速降下来，接着跑向自己铃声大作的登山包时会有的那种声音。

"尼科斯·巴利，我是个警探，"我回复道，一边小心翼翼地将租来的车绕过一群山羊，它们已经占据了安普里奥村外的柏油路，"我们在朱利安·施密德的手机上简短聊过几句。我有些问题想问你。"

"很遗憾，我正在山上，你能不能等……"

"哪座山？"

"奥德修斯山。"

"如果可以的话，我这就过来。"

她向我介绍了线路。山在奥金农塔和马苏里之间,我需要在发夹弯前左转。车可以停在砂石路的尽头,那里有不少攀岩者的轻便摩托车。沿着小道,或者其他登山者的脚印继续向山上走,大概八到十分钟就到了崖面的低处。我会看到她和其他攀岩者在离地五六米高的岩架上,那儿有天然的立足点,能让我也爬到那附近。

二十分钟后,我站在一片贫瘠山地的小道上,附近只能见到几丛百里香。我擦掉额上的汗水,抬头望着眼前的石灰岩岩壁,崖面大约一百米宽,四五十米高,像一面墙斜穿过山坡。在"墙基"处,我看到至少有二十根绳索,在底部的固定点和攀岩者之间移动。这类运动攀岩简单来说是这样:两人一组,开始前,先攀登的人把绳索一头绑在自己的安全带上,绳索上系着他这段路线需要的铁锁,通常是十几个。崖面的攀岩路线每隔一段距离就有固定好的金属膨胀钉。每当攀岩者到达其中一处时,他会把一个铁锁固定在膨胀钉上,然后将绳子与铁锁系紧。组里的另一位充当地上的固定点,在安全带上固定一个绳锁,绳索穿过锁,就像是汽车安全带穿过顶部的转轴。在攀岩者上升时,固定点小心地放出绳索,就像是你缓慢拉出汽车安全带,而不让它卡在转轴里那样。一旦攀岩者坠落,除非固定点完全解开绳索,否则那条安全绳会立刻通过锁拉住攀岩者。如果攀岩者失足,他也不会掉下超过上一个他固定绳索的铁锁的高度,固定点的体重和绳锁会让他在进一步坠落前停下来。换句话说,这种最常见的运动攀岩的方式其实并不危险,尤其是和徒手攀岩相比。在徒手攀岩中,攀岩者会在没有任何安全绳和其他保护措施的情况下攀爬。不像运动攀岩,参加徒手攀岩的人的预期寿命比海洛因成瘾者(一个相当贴切的比较对象)还短。尽管如此,当站在岩石前时,我依然感到自己在发抖。没有什么是绝对安全的,迟早会出错。有些人认为这是墨菲定律的笑话，其实不然。这只是简单的数学和逻辑推演。根据物理定律，所有可能发生的事情迟早都会发生。只是时间问题。

我向着这面岩墙走近几米，看到了维多利亚说的那个岩架，有个女人站在那里，手里抓着一根绳索，绳子沿墙一直延伸到她头顶上方十米处的一个攀岩者那里。我手脚并用地爬向她。

"维多利亚·哈塞尔？"我大口喘着气，问道。

"欢迎加入。"她回答道，眼睛依旧盯着攀岩的人。

"感谢你抽出时间给我。"我紧紧抓住石墙上的一处深缝，小心探出身子向下望去。仅仅六米高，我就感到一股拉力。

"你恐高？"维多利亚问道，她仍旧没有看我一眼。

"难道不是每个人都恐高吗？"我问道。

"但有些人比其他人更怕。"

我抬头看了看她的攀岩搭档。是个男孩，看起来年纪比她小不少。而且——根据他不太有信心的脚步，以及她紧紧抓住安全绳和保护器的动作来判断——更多是他，而不是维多利亚在跟对方学习如何攀岩。很难说维多利亚到底有多大——从三十五岁到四十五岁都有可能。她看上去很强壮。有点皮包骨，四肢修长，但从她绷紧的运动上衣里可以窥见肌肉发达的背部。她腋下肌肉发达，手上涂了树脂，穿着攀岩用的马裤。她以可以说是不满意的眼神打量了我的西服套装和棕色皮鞋。我可以感觉到自己的头发被风吹了起来。她的头发则被牢牢收在一顶编织帽下头。

"很多攀岩者呀。"我说，头向着石墙方向点了点。

"平常会更多，"维多利亚说，转头继续看她的攀岩搭档，"但今天风太大，很多人都坐在咖啡屋里。"她用脑袋示意那片翻起白浪的大海。

从这个地方,我们几乎可以看见一切。主路、车流、马苏里的中心,像是黑色小蚂蚁的人们。沿着光秃秃的山坡,我可以看见攀岩的人正沿小道往这边来。

"你可能不会相信,"维多利亚说,"风这么大的时候,这个绳索会被直直往上吹,落在山的高处并且挂在那里下不来。"

"如果你这么说,我还是会信的。"

"相信吧,"她说,"所以你有什么事,巴利先生?"

"噢,可以等你的攀岩搭档下来再说。"

"这条路线很简单,你继续说。"

"我记得好像有个规矩,在做那个抓着绳索确保安全的人时,你应该专注于你的攀岩搭档。"

"谢谢你的建议,"她说着,露出一个坏笑,"但为什么不把问题留给我呢?"

"有道理,"我说,"但我能提醒一下吗?你的搭档刚刚把最后一个铁锁方向挂反了。"

维多利亚·哈塞尔猛地看了我一眼,又抬头看了看我提到的那个铁锁。她立刻意识到我说的是对的,绳索正朝着错误的方向活动。如果他失足了,而且运气足够坏的话,绳索可能会从铁锁中滑脱,他就会继续下坠。

"我看到了,"她撒谎说,"这会儿他随时可能把绳索系在下一个铁锁上,那可以确保他的安全。"

我咳嗽起来。"看起来他快到整段线路里最难的一段了,我觉得这段路会让他陷入困境。如果他从那里摔下去,而上一个铁锁无法阻止他下坠,那下一个也不足以在他直接坠地前拉住他。你觉得呢?"

"亚历克斯!"她大喊道。

"怎么了?"

"上一个铁锁那里,你把绳索系错了。不要再往上爬了,试着向下爬并且把绳索方向搞对!"

"我想我应该继续爬,到下一个膨胀钉那里把那儿扣对就好了!"

"不,亚历克斯,别这么……"

但亚历克斯已经从现在那块极适合手抓的地方离开,正在爬向另一处向下倾斜的大岩壁。他肯定觉得那里很安全,但在受过训练的人看来,那里的树脂太多了,表明之前不少攀岩者试图过去抓它,但都失败了。而到那个地方时,他已接近悬空,没法再后撤。他的腿开始摆动。并不是因为风,而是一种被攀岩者称为"缝纫机"的压力反应,它迟早会影响到攀岩者。我看见维多利亚收起尽可能多的绳索,让它变短。但这收效甚微,亚历克斯会砸到我们身处的岩架。

"亚历克斯,你右边有个落脚点!"维多利亚大喊道,她也意识到了接下来会发生的事情。但已经迟了,亚历克斯的腿有如鸡翅般张开,肘部上抬。毫无疑问,他的力气已耗尽。

"他要掉下来了,你必须往下跳。"我静静地说道。

"亚历克斯!"她大叫,丝毫没有注意到我,"把你的脚抬起来,你可以做到的!"

我用两只手抓住了她的安全带。

"你他妈在做——"她半转过身,对我咆哮着。

我死死盯住亚历克斯。他尖叫起来,接着呈直线下坠。我抓住维多利亚的背,在我身边绕了一圈,像投掷链球一样,把她从岩架上扔了下去。她短促尖锐的叫声盖过了亚历克斯的长号。逻辑很简单:我必须得让维多利亚下到更低的地方,这样她的体重就有机会在亚历克斯触地前让他停止下坠。

向上和向下的绳索同时拉紧了,接着,周遭瞬间安静了下来。尖叫声和其他攀岩者的喊声一起消失,就连风似乎都屏住了呼吸。

我抬头向上看。

亚历克斯仍被绳索吊在崖面上。最终,缠错绳索的锁扣还是抓住了他。好吧,今天我没有救任何人的命。我走到岩架的边缘,向下看维多利亚。她正被安全带吊在离我两米远的锁定装置下方的绳索上,仰头凝视着我,眼睛颜色因震惊而变深。

"对不起。"我说道。


"谢谢。"我对维多利亚说。她把膳魔师保温杯里的咖啡分别倒进两个塑料杯里,然后把其中一杯递给我。

她把亚历克斯送去加入山的更高处的另一支攀岩队,之后她和我又坐回岩架边。

"我才是应该道谢的那个人。"

"为什么?那个钩子成功拉住绳索,不管怎么样,你们都会没事。而我还害你摔伤了膝盖。"

"但你做的事情是对的。"

我耸耸肩。"我们就用这个来宽慰自己,好吗?"

她歪着嘴笑起来,接着吹了吹自己的咖啡。"所以你也攀岩?"

"以前攀过,"我说,"我已经快四十年没碰过石头了。"

"四十年可不短,发生什么了?"

"是呀,发生什么了?顺便问问,这里之前发生的事故是怎么回事?我看新闻说有人因攀岩而死。"

尽管这是个不愉快的话题,维多利亚·哈塞尔还是抓住机会,谈起了这件事。尽管我猜她知道我到这里来并不是想问这起事故。

"十分常见的失误。攀岩的人忘记检查攀爬路线的长度和绳子长度是否相符,甚至忘记在绳子末端打绳结。在往下爬的时候,直到事情无可挽回前,负责安全的那个人都没有注意到绳子长度不够。由于末尾没有绳结,安全绳从保护器中滑脱,攀爬的那个人直接摔了下去。八米高,本来他是有机会活下来的,但他的头先砸在石头上,在这种情况下,两米的高度都会致死。"

"人为失误。"我说。

"难道不都是人的错吗?想一想,距离你上次听说事故原因是绳子断裂或者膨胀钉从岩石上松脱已经有多久了?"

"有道理。"

"这真他妈可怕,"她摇摇头,"但都一样。我不记得在哪儿读到过,一个攀岩地发生了致命事故之后,你经常可以看到那里攀岩者数目大幅上升。"

"真的吗?"

"很少有人直接这么说。但如果没有一定的风险,人们也不会那么喜欢攀岩了。"

"肾上腺素成瘾?"

"是,也不是。我不认为这是对恐惧上瘾,相反,我们对掌控感上瘾。是那种征服危险、掌控自己命运的感觉令人上瘾。这样的控制在我们余下的人生里可不多见。因为没有在紧要关头犯错,我们变得多多少少像个英雄。"

"直到我们失去控制并犯错的那天,"我说着,啜饮一口咖啡。味道不坏,"如果那确实是个错误的话。"

"是的。"她静静说道。

"那天晚上弗朗兹和朱利安争吵之后，给你打了八次电话。第二天，朱利安就失踪了。他打电话是想要做什么？"

"我不知道。也许是安排一次攀岩。也许吵架后，他找不到人做搭档。"

"根据他的通话记录，你没有拨回给他。但你给朱利安打了电话。为什么？"

她穿上一件羊毛套头衫，并用咖啡杯暖起手来。她缓缓点头道："他们俩很像，弗朗兹和朱利安，但也有所不同。和朱利安沟通更轻松一些。但我打电话只是想确保大家没有忘记那个最明显的可能性，那就是朱利安带着自己的手机去了别的地方。"

"当然，"我说道，"他们俩确实相似又不同。很明显他俩音乐品味就不一样。齐柏林飞艇和……"我已经忘记了那个男歌手的名字，"但他们喜欢同一个女孩。"

"我猜也是。"

我看着她。我的嫉妒雷达并没有收到任何信号。所以这里没有任何浪漫关系，她并没有爱上朱利安，或者和他有过一段情。弗朗兹那么急切地联络她，也不是想要找帮手来破坏朱利安和海伦娜的关系。那么弗朗兹的电话是为什么而拨的呢？

"你认为发生了什么呢？"她问道，"是朱利安游泳时遇上麻烦了吗？也许是因为他在酒吧里被弗朗兹砸出了脑震荡？"

我意识到她在试探我。我的回复会决定她的下一步举动。

"我不这么认为，"我说道，"我认为弗朗兹杀了他。"

我看着她。正如我预期的那样，她看上去并没有那么震惊，如果她一无所知，就不会是这个表现。她喝了一大口咖啡，似乎要以此掩盖什么她无论如何都要咽下去的事实。

"嗯?"我问道。

她环顾周围。另一个攀岩小组的四名成员还在很远的地方,这么大的风,他们什么也不会听见。"那晚我看到弗朗兹回屋了。"

就是这个。

"我睡不着,就坐在我房间的户外阳台,就在他们住的那条街对面。我看见弗朗兹停车,然后独自从车上下来。朱利安没有和他在一起。弗朗兹拿着一些东西,像是衣服。当他打开门的时候,他环顾四周,我猜他看到了我。我想他知道我也看见他了。这就是他打电话的原因。他想解释。"

"你不想听他解释?"

"我不想被牵扯进去。除非我们知道更多事情,除非我们找到朱利安。"

"接下来呢?"

她叹了口气。"我想,如果朱利安确认失踪,或者他的尸体被找到了,我就把事情告诉你。在那之前,说这些只会把事情搞得更复杂。这会让人觉得我在指控弗朗兹犯了什么罪。我们这群攀岩的人都是朋友,我们信任彼此,每天把命交到对方手上。如果我一时冲动,可能会毁掉一切。你理解吗?"

"我理解。"

"我×。"

我顺着她的视线往山下看。有个人正沿着小道往这边走。

"是弗朗兹。"她说,站起来向那边挥手。

我仔细地往下看。"你确定吗?"

"看那顶'同性权利'帽就知道了。"

我看得更仔细了。同性权利,彩虹旗,不是塔法里教。

"我以为他是异性恋。"我说。

"你知道你可以支持和你不一样的群体吧?"

"弗朗兹·施密德会这么做?"

"不知道,"她说,"但至少他看德国足球甲级联赛,追随圣保利队。"

"什么?"

"足球比赛。他的祖父母来自我的故乡,汉堡。汉堡有两支本地的敌对球队。大的那一支是汉堡队,氛围友善,俱乐部非常有钱,我和朱利安都支持它。另一支小的球队是圣保利队,愤怒,左翼,朋克,以骷髅头和交叉的骨头为标志,公开支持同性权利和一切让汉堡资产阶级不爽的事情。这似乎对弗朗兹颇具吸引力。"

下面的人停下来,抬头看着我们。我站起来,想要清楚表明这不是一场伏击。他依然站在原地,似乎是在研究我们。我猜他认出了那个向他挥手的人是他的攀岩伙伴维多利亚,并好奇另一个人是谁。也许他认出了我的西服套装。他可能已经预感到,在读完他的那条直接写着"我杀了朱利安"的短信后,我会再次出现。他有足够的时间找到一种解释。我猜他大概会辩解说他只是想要让海伦娜好奇,在那之后他再解释那不过是种夸张的说法,事实上他只是拿台球砸了他兄弟的头。但现在他看见我和维多利亚在一起,他可能立刻就意识到,自己准备的解释还不够充分。

弗朗兹再次动起来,这次是往山下走。

"他可能觉得风太大了。"维多利亚说。

"是的。"我说道。

我看见他钻进租来的车里,开走了。砂石路上尘土飞扬。我再次坐下来,眺望大海。白色的部分看上去像是牛津窗外那些结霜的玫瑰。甚至在这里，你都能尝到阵风中的咸味。让他跑吧，他哪儿也去不了。

临近午夜，我在警局接到了弗朗兹·施密德的电话。

"你在哪儿？"我问道，并走过隔间，把电话信号分享给乔治，这样他也能听见对话内容，"你没回我电话。"

"信号太差。"弗朗兹说。

"那我听你说。"我说。

几小时前，我给雅典的检察官打了电话，他签发了对弗朗兹·施密德的逮捕令。但我们在租来的房子里没有找到弗朗兹，他也不在海滩或岛上任何一家餐厅里，没有人知道他去了哪里。乔治手下只有两辆巡逻车和四个警察，而在天气变好之前，我们得不到科斯岛的警力支援。所以我提议用基站来定位弗朗兹的手机。但乔治解释说，卡利姆诺斯岛的基站太少，这个办法对缩小搜索范围的帮助不大。

"我去了海伦娜的餐馆，"弗朗兹说，"但她爸爸在看店，还说我不能见她。这和你有关系吗？"

"是的，我告诉海伦娜和她的家人，在事情结束前不要和你接触。"

"我告诉她爸爸，我的意图是好的，我想娶海伦娜。"

"我们知道。她父亲在你走后给我们打过电话。"

"他告诉你海伦娜留了封信给我吗？"

"是的，他提到了。"

"你想听听海伦娜写了什么吗？"弗朗兹没等我回复就开始念起来，"'亲爱的弗朗兹，也许对每个人来说，生命里有一个人只为自己而来，而我们只能遇见他一次。你和我从来就不是天生一对，但我向上帝祈祷，你没有杀掉朱利安。我现在明白了，他就是我的那个人，所以我跪下来求你：如果你有能力的话，救救朱利安吧。海伦娜上。'你似乎说服了海伦娜，让她相信是我让朱利安消失的，巴利，你还暗示我可能杀了他。你知道你做的事情正在毁掉我的生活吗？我爱海伦娜胜过其他一切，甚至胜过我自己。我无法想象没有她的人生。"

我听着，虽然他手机那边风声噼啪作响，我仍然能听见海浪声。当然，这海浪声可能来自岛上的任何地方。

"现在你最好能够来波西亚的警局自首，弗朗兹。如果你是无辜的，对你来说，自首是最好的事。"

"但如果我有罪呢？"

"那么自首仍是你的最佳选择。无论如何，在这座小岛上，你不可能逃得掉。"

随之而来的是沉默，我听着海浪声。它们听上去和我旅馆房间下面的海浪声不太一样——可是是哪儿不一样？

"朱利安也不是无辜的。"弗朗兹说。

我和乔治交换了一下眼神。我们都听到了，他用的是"是"，而非"曾是"。但这不是可靠的线索。我听过好几个杀人犯在提到他们杀死的人时，用的也是仿佛他们还在世的那种说法。也许对杀人犯来说，受害者确实仍然活着。或者说得更精确些：一个死去的人可以一直"陪伴"着杀害他的凶手。

"朱利安撒了谎。他声称他后来用自己的手机联络过海伦娜，告诉她发生的一切，而且他们俩现在相爱了。他想让我不去争取，直接放弃海伦娜。我当然知道朱利安是个骗子，一个花花公子。他为了得到自己想要的东西，会在人背后捅刀子。但这一次他让我太生气了。

你不知道那是什么滋味……"

我没有回话。

"朱利安抢走了我拥有过的最美好的东西,"弗朗兹说,"巴利先生,我从没有得到过什么好东西,每次都是朱利安的。别问我为什么,我们出生时几乎一模一样,但每次都是他得到,我失去。在人生路上,他不停地拿呀拿。似乎我们在某个十字路口分开,光明给了他,黑暗给了我,此后我们就各走各的路。而他连海伦娜都要抢……"

他那边的海浪听上去和拍在我旅馆边的岩石上的浪同样暴烈。唯一的区别是回响更悠长。海浪翻滚着。弗朗兹·施密德在海滩上。

"所以我审判他,"他说,"但我来自加利福尼亚州,所以我不判他死刑,只判他终身监禁。难道这不是最好的惩罚吗?毕竟他毁掉了另一个人的生活。巴利,你是不是也会这么判?是吗?不是吗?难道你不是反对死刑的人吗?"

我没有回答。我注意到乔治在看着我。

"我让朱利安在他自己的爱情小监狱里腐烂,"弗朗兹说,"而且我已经把钥匙扔掉了。尽管我判他活着……但他现在拥有的生命也不会持续太久。"

"他在哪儿?"

"你说我逃不掉……"

"弗朗兹,他在哪儿?"

"这话不准确。我马上就要乘坐919次航班离开了,永别了,尼科斯·巴利。"

"弗朗兹,告诉在哪里——弗朗兹?弗朗兹!"

"他挂电话了吗?"乔治站了起来,问我。

我摇摇头,继续听着电话那头的声音。除了风和浪之外,我什么都听不见。

"机场还没开吧?"我问道。

"当然。"

"你听说过919次航班吗?"

乔治·科斯托普洛斯摇摇头。

"他独自一人在海滩上。"我说。

"卡利姆诺斯岛到处都是海滩。在暴风天的夜晚,你在任何一片海滩上都找不到一个人。"

"那是一片狭长的浅滩。听起来海浪像是在很远的地方拍岸,然后退了很久才回到海里。"

"我打电话问问克里斯蒂娜,她爱冲浪。"

在第二天早上,弗朗兹·施密德租的那辆车被找到了。

它停在通向沙滩的转弯处。这片沙滩位于波西亚和马苏里之间。尽管风很大,他还是留下了一串清晰的足印,从驾驶员一侧直接延伸到海中。我和乔治站在狂风之中,看着潜水员艰难对抗着海浪。在海滩的南端,海浪冲刷着倾斜的湿滑岩石。这些岩石向内陆延伸,形成一道垂直的墙,这道黄白色的石灰岩墙一直延伸向岛上最高处,机场所在的地方。克里斯蒂娜和她的金毛寻回犬也在沿着海滩走,试图找到什么线索。她在警局茶歇时跟我说,那条狗生来就只有一只眼睛是好的,所以她给金毛取名为奥丁。我问她为什么选奥丁而不选希腊神话里的单眼神祇,例如波吕斐摩斯,她看着我,说:"奥丁更短。"

据乔治说,奥丁搜寻痕迹很厉害。克里斯蒂娜把它带去弗朗兹和朱利安的房子,让它知道它该追踪什么气味。当我们到达那片海滩时，它直直跑向那辆车，站在附近吠叫，一直到乔治成功打开车门才停下。在车里我们发现了弗朗兹·施密德的衣物：鞋子、裤子、内裤、有彩虹图案的圣保利帽子，以及一件里面有他的手机和钱包的夹克。

"所以他是对的，"乔治说，"他成功逃跑了。"

"是呀。"我说着，把目光投向泛着白沫的防波堤。乔治找到了当地俱乐部的两位潜水员。其中一位正用手给对方打着信号，并试图说些什么，但海浪的声响盖过了他的声音。

"你认为他就是在这里丢弃朱利安尸体的吗？"乔治问道。

"也许，如果他确实杀了朱利安的话。"

"你是指，他只是说囚禁了朱利安，而不是杀了他？"

"也许他这么做了，也许没有。也许他把朱利安放在不会立刻死去但会慢慢受折磨的境地之中。"

"比如？"

"我不知道。嫉妒带来的怒火有点像是爱意。那是种疯劲，让人们做出平时做梦都想不到的事。"

我的目光转向岩石，它们倾斜着，被海浪打磨得很光滑。弗朗兹可能会游到一个不留脚印的地方，再次上岸，然后逃之夭夭。919次航班？那到底意味着什么？如果要上到机场，他要么回到主路，要么直接爬上去。

没有安全绳。

徒手攀岩。

我止不住这个念头；我闭上眼，看见特雷弗跌落。

快速睁开眼，这样我就不会看到他触地的瞬间。

集中注意力。

弗朗兹·施密德也许也曾站在这里，和我一样看到了，也想到了。机场已经关闭。每一条离岛的路都被封锁了。除了这一条，最后一条逃离路线。但活着游泳离开十分困难。需要时间，需要意志坚强，不被求生本能所控制而往回游。

"我们在浅海发现了这个。"

我和乔治转过身去。是其中一位潜水员。他举着一把枪。

乔治接过枪，转动它来回看了好几次。"看起来很旧。"他说道，指向弹匣的底部。

"鲁格，这是'二战'期间的枪。"我说着，从他那里接过枪。没有任何锈迹，海水在上头凝结的痕迹表明它还上着油，因此不可能在海底躺了很久。我按下扳机护圈边的按钮，把弹匣卸下来交给乔治，"如果弹匣是满的，应该有八颗子弹。"

乔治把子弹一颗颗按了出来。"七颗。"他说。

我点点头，感到无尽的悲伤压了过来。预报说，明天晚上风会变弱，太阳会继续闪耀，但我心中乌云密布。通常，我能分辨出这只是一时的坏情绪，还是一长段新的黑暗时光即将到来。但此刻，我不知道。

"919次航班。"我说。

"什么？"

"就是你手上子弹的口径。"

我打电话给上司汇报情况，他告诉我雅典的媒体都在关注这起案件，一大群记者、摄影师都在科斯岛上待命，只等着天气转好就坐船登岛。

我回到自己在马苏里的旅馆，点了瓶乌佐酒到自己房间。我不挑牌子，除了时下不幸被过度商业化，掺了很多水的乌佐12。但当我看到旅馆有我最爱的皮特斯拉迪牌乌佐酒时，我还是很欣慰。

我喝着酒，想着整件事有多么奇怪。一起谋杀案，两个死者，但没有一具尸体。没有咄咄逼人的媒体，没有疲惫不堪的上司，没有承受巨大压力的调查团队。没有话语含糊的实验室技术人员和病理学家，没有歇斯底里的亲属。只有风暴和寂静。我希望这场风暴能永远持续下去。

喝了将近半瓶酒后，我去了楼下的酒吧。这样一来，我就不会把乌佐酒一次全喝完了。我看见维多利亚·哈塞尔和我昨天看见的攀岩者们坐在同一张桌子上。我在吧台坐下，点了杯啤酒。

"打扰了。"

英式口音。我半转过身去。一个微笑着的男人，格纹衬衫，头发花白，但以他六十左右的年纪，看上去十分精神。我在这里见过几个和他差不多的人，英国老派攀岩者。他们在传统攀岩的氛围中成长起来，他们的攀岩路线上不会有永久固定于山上的膨胀钉，他们需要在裂缝和孔洞间确保自己的安全。在英国湖区，攀岩路线的评级不仅取决于攀登难度，还取决于危险程度。危险包括多雨、过于寒冷，或是热到特别嗜血的蚊子能大量繁殖，把你生吞活剥。英国人乐在其中。

"你还记得我吗？"那个男人问道，"我们在谢菲尔德属于同一支绳索攀岩队。那肯定是一九八五或是一九八六年的事情。"

我摇摇头。

"得了吧，"他边笑边说，"我想不起来你叫什么名字了，但我记得你和特雷弗·比格斯一起攀岩，那个本地小伙。还有个法国女孩，她攀斜坡就像飞行，我们剩下的人可要费不少劲才能爬上去呢。"他的神色突然严肃起来，似乎想起了什么事，"顺带一提，特雷弗可真是太倒霉了。"

"先生，我想你是把我和其他人弄混了。"

那个英国人呆站在原地好一会儿，嘴巴大张，露出一副惊讶的表情。我看得出来他的大脑正在疯狂地翻阅记忆，想知道是不是自己认错人了。接着，他似乎终于找到了错漏之处，缓缓点头说："不好意思。"

我转回吧台那一侧，在镜子里看到他坐回他的攀岩伙伴及他们的妻子的那一桌。他说着什么，并向我的方向点点头。接着，他们继续之前的谈话，把一本标出攀岩路线的本地指南传来传去。看起来他们生活很幸福。

我的视线移到维多利亚·哈塞尔那桌，恰巧与她对视。

她坐在那儿，穿着攀岩者的夜间制服：一套干净的登山服。白天藏在帽子下的头发现在飘垂着，是金色的长发。她对着我这个方向坐，尽管桌上大家聊着天，她看上去似乎时不时在走神。我看她时，她也在看着我。我不知道她是不是在等待什么。一个信号。施密德案的信息。或者，一个用来打招呼的点头。

我看见她正准备起身，但我比她行动更快，已经把酒钱放在了吧台上。我从吧台高脚凳上滑下，离开。我回到自己房间，把门锁好。

午夜时分，我被一声像是枪声的巨响吵醒。我在床上坐了起来，心跳剧烈加速。那是一窗扇的声音：一定是强风最终把它给弄松了。我继续躺下，再无睡意。我想着莫妮克。莫妮克和特雷弗。直到晨光初露，我都没能再睡着。

"预报说风力会减弱，"乔治说着，给我倒了杯咖啡，"你也许明天就能去科斯岛。"

我点点头，望向警局的窗外。奇怪的是，港口的生活似乎没有被影响，尽管从各种方面来说，我们已与外界隔绝三天。不过这就是生活吧，它继续下去，甚至——或者说，特别是——在你认为活不下去的时候。

克里斯蒂娜和另一个警员走过来，加入了我们的对话。

"你是对的，乔治，"克里斯蒂娜说，"施密德是从马里内蒂那里买的这把鲁格枪。他从照片上认出了弗朗兹，并说在朱利安被报失踪的前一天，他来过店里。他认为弗朗兹是个收藏者。他买下这把枪和一副意大利人在战争期间留下的手铐。当然，马里内蒂发誓说，他以为这把枪已经不能再开火了。"

乔治点点头，看起来他对这个结果感到满意，而不是恼怒。当我想知道弗朗兹是如何成功地把手枪从加州带到希腊来，以及他为什么要这么做的时候，乔治建议我们查一查马里内蒂开在波西亚的古董店。据乔治说，马里内蒂有一个地窖，里面堆满了意大利人入侵卡利姆诺斯岛，以及随后德国人占据该岛的漫长岁月留下的古董，甚至马里内蒂本人都不知道具体有哪些东西。

"这算是结案了？"克里斯蒂娜问道。

乔治转向我，似乎是把问题传向我。

"案子是结了，"我说，"但还没破案。"

"没破？"

我耸了耸肩。"比如说，我们没有找到任何一具尸体，能够证实事情是如我们想的那样发生的。也许这两兄弟正在回美国的飞机上，正在因这个史上最成功的恶作剧嘲笑我们。"

"你自己也不信这个说法吧。"乔治说。

"当然不信。但只要还有任何其他的可能性存在,疑点就一直存在。有个叫理查德·费曼的物理学家曾说过:'我们不可能百分百确定任何一件事,至多是以不同程度的确定性进行推测。'"

"但如果还有疑点,我们又能做什么呢?"克里斯蒂娜问道,似乎对此很是沮丧。

"什么也没法做,"我说道,"我们只能满足于有合理确定性的结果,然后接着去调查下个案子。"

"这会不会让你——"克里斯蒂娜停住,看上去好像是害怕自己把话题扯得太远。

"沮丧?"我问道。

"是的。"

我只能笑笑。"记住,我是嫉妒之神,通常我只会在谋杀案调查的第一天或第二天出现在现场。我带着我的探测杖,一种可以找到地下水的工具,然后让别人来挖井。我受过很多培训,目的就是让我能够在没有得到答案时就把案子抛到脑后。"

克里斯蒂娜的眼神似乎在评估我。我能看出她并不相信我。

"我是会嫉妒的人吗?"她问道,把手放在她的臀部,摆出一副挑衅的样子。

"我不知道,你得先跟我说点什么。"

"比如?"

"比如你认为哪些事情会让你感到嫉妒。"

"如果我不想说,或者那件事让我太受伤呢?"

"那么我就没办法知道了,"我说,拍了拍手,"好吧,我们现在去吃点东西,怎么样?"

"好!"乔治说。但克里斯蒂娜继续看着我。她可能猜到我已经知道了那个藏在她发红眼睛背后的故事。她也是嫉妒之人。

那一天，我余下的时间都漫步在山间小道上，就在弗朗兹的车和手枪被发现的那片海滩南侧的山上。看似不可接近的高耸石灰岩墙让我想起在牛津上学时基督大教堂的拱顶。幽暗的英式严肃风格，迥异于雅典米特罗波利教堂的奔放明亮。也许正因为如此，尽管我是无神论者，但在基督大教堂里我会更有家的感觉。我也给我的上司打了电话。他说，如果风变小，次日就会有警探和两位技术人员过来，他希望我尽快回到雅典，有个女人在齐齐菲尔斯遇害了，她的丈夫无法提供不在场证明。我建议他找别人来接手这个案子。

"受害者家属说他们希望你去。"我上司说。

"但谁去办案不是由我们来决定的吗？"

他说了受害人的家庭姓什么。是希腊船王家族中的一支。我叹了口气，挂断了电话。我爱我的祖国，但有些事情从没变过。

我的眼睛捕捉到了一块不寻常的巨大悬垂物。说得更精确些：是这块悬垂物成功吸引了我的注意力。我看见一条优雅的路线从空空荡荡的攀岩保护站延伸上岩面。不时有黏合式金属膨胀钉在阳光下闪闪发光。因为那块悬垂物阻碍视线，我无法确定固定点在哪儿，而且这座山在这条路线和保护站的右侧就垂直入海，我也没办法靠得更近了。但这一定是一条很长的攀岩路线，至少有四十米。

往下看，我现在距离海浪击岸的地方大约有五六十米。当攀岩者爬到比固定点更低的地方时，他（或她）必须来回摆荡才能避免直接掉进海里，到达保护站。但这是一条多么漂亮的路线呀！我的视线一路向上，我的大脑也在适当的时候开始自动分析，重现出岩壁和轮廓所要求的攀爬动作。就像挖出一台在废墟里埋藏多年的机器，转动点火开关。它还能工作吗？我转动钥匙，踩下油门。负责攀岩的马达不情愿地哀鸣，咳嗽着，抗议着。但接着它启动了。对抗停止了。肌肉记忆回来了，它因喜悦而闪闪发光，大脑想起了攀岩的每一步。我看不到周围还有任何其他路线，我猜大部分攀岩者都认为只为了攀爬这么一条——尽管非常壮观的——线路，要奔波的路太长。但我即将完成它，哪怕这是我人生中的最后一条攀岩路线。

当夜，想象中的攀岩仍留在我的身体里。我又点了瓶皮特斯拉迪牌乌佐酒到我房间。风力稍稍减弱，海浪也不再那么激烈地拍打石灰岩了，偶尔海浪停歇，在那些安静的时刻，我都能听见楼下酒吧传来的音乐声。我猜维多利亚·哈塞尔在那里。已经十点了，我呆坐着。我喝够了酒，可以上床睡觉了。

第二天醒来时，我已经不再能听到风声，也听不见从裂缝、岩石狭缝和管道中传来的刺耳海浪声。

我猛地推开窗。大海是湛蓝色的，白色的大浪已不见，怒号变作呜咽。偶有浪打来，沉重而慵懒地滚过大地，像是欢爱后的情人。和我一样，大海已经疲惫。

我躺回床上，拨通前台的电话。

前台工作人员告诉我，港口已重新开始工作。下一班船将在一小时后离岛，这也让我有时间赶上三点那趟回雅典的航班——该不该让他帮我叫辆出租车？

我闭上眼睛。"我想要……"我说道。

"时间？"

"不是叫车。两瓶皮特斯拉迪。"

一阵短暂沉默。

"不好意思,巴利先生,这个牌子的酒暂时卖完了,但我们还有乌佐12。"

"那就不用了,谢谢。"我说着,挂断了电话。

我躺下,听着大海的声音,接着再次打电话。

"送瓶乌佐12上来吧。"我说。

我喝得很慢,但一直喝着。我的目光追随着特伦多斯岛的阴影,看它移动、变短,接着——随着下午的来临——再度伸展,看起来几乎像是在庆祝。我回想起工作时听过的所有故事。他们所言非虚,每份供词都是故事,在等待着听众。

天色变暗后,我下楼去了酒吧。如我所料,维多利亚·哈塞尔坐在那里。

我是在牛津遇见莫妮克的。她和我一样学习文学和历史专业,但比我高一级,所以我们并不会上同样的课。但在牛津,外国学生总是聚在一起,很快我们就遇见了彼此,社交的次数越来越多,多到我终于鼓起勇气,约她出去喝啤酒。

她做了个鬼脸。"嗯,那得是健力士黑啤酒。"

"你喜欢健力士?"

"不喜欢,我压根不爱喝啤酒。但如果我们必须得喝啤酒,那就喝健力士吧。据说它在啤酒里也是最糟糕的一种,但我保证,到喝的时候,我会比现在听上去要积极得多。"

莫妮克的逻辑是,我们应该带着开放的心态去尝试万物,随后就可以带着新的观察,问心无愧地把它抛到脑后。这可以应用在所有事情上:理念、文学、音乐、食物、饮品……而我是只有后见之明的那种人。我们之间的差异之大可想而知。莫妮克是我遇到过的最甜美、最吸引人的女孩。她热情奔放，很有幽默感，对身边的每个人都友善，我只能放弃抵抗，扮演起坏警察的角色。她丝毫没有受到自己上层阶级背景的糟糕影响，有着无可匹敌的智力，而她的美几乎毫无缺陷，让人恼火。这种美，让你除了喜欢她之外别无选择。当她看着你时，仅仅是看着你，除了沦陷，你无路可逃。你只能放下抵抗，全身心地爱着她。她温和地拒绝过数不胜数的追求者，考虑得那么周全，让拒绝都不再伤人。这种甜蜜的态度让你感到，在她"尝试万物"的原则背后，有一种不是原则，却发自天然的东西。莫妮克在等着某个"对的人"。她放下信念，跟从感觉，所以她从没恋爱过。

但我完全是另外一类人。我放荡的天性连我自己都厌恶，但我就是抵挡不住这股冲动。尽管我很害羞，在一些人看来很令人讨厌，我生硬古板的礼节看起来更像英国人而不像希腊人。但我的长相仍颇受异性喜爱。尤其受英国女孩喜爱。她们着迷于我的棕眼、我黑色的鬈发。她们说这是凯特·斯蒂文斯式的外貌。但除此之外，我还擅长聆听，我认为这一点比外貌更能打开她们的心房和卧室门。说得更准确些，我对聆听很感兴趣。我活在故事里，在我记得的所有故事里呼吸。对我来说，聆听那些年轻女孩长长的独白，并不需要做出什么巨大的牺牲。她们会说起自己备受宠爱的成长过程、艰难的母女关系、性启蒙路上的疑虑、最近一次不愉快的恋爱故事，还有因为父亲在那里藏了年轻情人而无法继续使用的伦敦公寓。她们也会谈及在我看来很是虚假的困境和那些瞒着她们去圣特罗佩的背后捅刀子的可恶朋友。或者是——如果我再幸运一点——她们曾有过的自杀尝试、确实存在的强迫症，以及有关写作的秘密野心。随后，其中不少人会想和我做爱，尤其在我几乎没有开口的情况下。沉默似乎总是我的优势所在，她们可以尽情以她们最喜欢的方式解读我。但这些性爱插曲无助于提升我的自信。相反，我变得更加自卑。这些女孩和我上床，只是因为她们想怎么想象我就怎么想象我。如果我展现出真实的自己，就会失去一切；我是害羞的嫖客，缺少自信，没有内涵，没有骨气，只有一双棕色的眼睛和长耳朵。不久，她们就会发现我的阴郁、我与生俱来的黑暗。我甚至能让房间里的光变得昏暗，随后她们会离开，远远离开。我不怪她们。

而和莫妮克在一起后，一切都不一样了，我变了。例如，我开始说话。我们喝下那杯味道恶心的健力士啤酒之后，开始对话，重点是"我们"，而不是我已经习惯了的独白。话题也不一样了。我们不再聚焦于自身，谈的都是我们之外的事情，例如人在贫困时的自我保护机制，或人类的信念，即道德——尤其是个人道德——代表某种永久的品质。我们还会谈起我们会带着或多或少的自我意识，避免学习那些让我们的政治和宗教信仰不安的东西。我们聊曾读过的书、没读过的书、应去读的书、被过誉的书或是那些糟糕但实用的书。

当我们谈起自身和日常生活时，总会把它和更为普遍的东西、理念或概念，以及莫妮克所谓人的境遇[1]（不是指我最喜欢的法国作家安德烈·马尔罗的小说，而是政治哲学家汉娜·阿伦特笔下的概念）联系起来。我们讨论这些作者，并不是要比出他们之间的高低，只是为了在一个自己足够信任、敢于犯错并承认错误的人身上测试思想的原创性。争论最后变成了彼此之间的火花，在某次深夜激辩后，喝了好几杯酒的她在房间里挥手打了我，接着她抱着我，我们第一次接了吻。

---

[1] 原文为法文。

第二天她给我下了通牒。如果我不成为她的男朋友，我们就不要再见面了。这不是因为她已经爱上我，不顾一切地想要和我在一起，而是因为这样安排才能确保我们拥有排他的性关系，这对她而言是个没有沟通余地的要求。她害怕染上性病，这种恐惧几近病态。事实上，恐惧可能比任何性病都更快地毁掉和缩短她的寿命。我笑了，她也笑了，我接受了新身份。

　　也是因为莫妮克，我才开始攀岩的。她的父亲在她很小的时候就带她去过那些位于韦尔东和塞于斯山的经典攀岩路线。老实说，英格兰没有多少可以攀岩的地方，尤其是牛津附近。但我的朋友，齐柏林飞艇的粉丝，特雷弗·比格斯，跟我说他的朋友都在他家乡附近的峰区攀岩。他来自谢菲尔德，是当地工人的孩子，微胖，一头红发，心地善良。特雷弗成了某种意义上我的固定"僚机[①]"。他外向，洋溢着幽默感，总能吸引很多人——有男有女——的注意力，让大家很快坐上同一张桌子吃饭。过一段时间后，这些女孩就经常会把注意力转移到我身上。特雷弗有一辆状况不佳但尚且可开的丰田海狮面包车，此车为数不多的优点是座椅可以加热。我提议说，他可以把攀岩和回家看父母放进同一趟旅程中，此外，多载两个人也能分摊油钱。他立刻就同意了。

　　这就是持续三年的周末短途游和攀岩之旅的开始。尽管单次车程不超过两个半小时，但因为想把时间尽可能花在攀岩上，我们晚上会住在帐篷和面包车里，如果天气特别糟糕，便在特雷弗父母的房子里过夜。

---

[①] 本指空中编队中随长机飞行的飞机，现实中常用来指帮自己在恋爱约会中加分的朋友。

第一年，我的攀岩水准就很快超过了特雷弗，也许是因为我更投入，更加在意如何给莫妮克留下深刻印象——至少不要让她失望。她是比我们都更优秀的攀岩者，第一年也远远把我和特雷弗甩在身后。她并不特别强壮，但她小巧的身体几乎能飞上岩墙。她有着芭蕾舞者般的技巧、平衡能力和脚下功夫。她以我和特雷弗做梦都无法企及的方式理解攀岩。我，以及过不多时的特雷弗，需要找到可以手抓的地方或者岩架才会开始攀爬。那些地方只需要我们有足够的蛮力就可以攀上。但如果没有莫妮克的建议、鼓励，以及她分享我们喜悦和小小胜利的能力，我们就没法坚持下去。每次我或特雷弗又一次从岩面坠下，挂在绳子的末端，沮丧地咒骂着要求被放低时，莫妮克响亮、快乐的笑声就会响彻山崖。我们要下降不是想放弃，而是想要重新爬一遍，从最低处开始。

有时候——也许是因为莫妮克觉得特雷弗比我更需要——当特雷弗而不是我成功做到了一件新的事情时，她似乎鼓励得更热情些。不过这也没什么。她就是这样，这也是我爱她至深的诸多理由之一。

在我们一起攀岩的第三年，我才意识到特雷弗开始把攀岩当作一件正经事对待了。我在宿舍门的上方安过指板来加强自己指头的力量。此前特雷弗从不碰它，但现在，我时常见到他在用指板荡来荡去。有时候我感觉到我是"当场抓获"他在练指力，就好像他并不想让我知道他练习得如此频繁。但他的身体背叛了他。当太阳闪耀，峰区的岩面变得滚烫时，我和特雷弗会脱掉T恤衫，我能看出此前他胖乎乎的上身的脂肪都已消失，尽管他的皮肤依旧雪白。在皮肤之下，有型的肌肉像钢索一样起伏着，他以近乎机器人的方式，抓着连莫妮克都不得不认输的路线上的悬垂物一路上攀。我在垂直路线上依旧占据优势，因为我仔细学习过莫妮克的技巧，但毫无疑问，我和特雷弗之间的竞争变得比以前激烈。可能这就是所有竞争最终的走向。

也是在那段时间里，我参加的派对也渐渐变多。当然，这意味着我为了社交喝下了过多的酒。我的父亲也努力摆脱酒瘾。从儿时起，我就见识过父亲的酒瘾，他警告我离酒远一点。但他的警告在我感觉糟糕、感到不快乐的时候失效了。这就是那段时间发生的事。大量的攀岩、莫妮克和"派对"，这些一起开始影响我的学业。莫妮克第一个指出这件事，那天我们头一次争吵。我赢了。或者说，至少是我说出最后一句话，而哭着离开的是她。

第二天我向她道了歉，把我那些夸张、激烈的用词归结为希腊社会的风气对我的影响。我承诺自己会多学习，少聚会。

这个承诺持续了一段时间，甚至有个周末，赶学习进度的我放弃了去峰区攀岩。这很艰难，但我不得不这样做，大考近在咫尺，而父亲对我的期望是我的成绩至少要和我哥哥持平，我哥哥之前在耶鲁读书，现在是家族企业的董事会成员。这种强制的突击学习让我几乎憎恨起那些我本来热爱的事物，尤其是文学。我嫉妒莫妮克和特雷弗能够休息，而当他们因周六晚上下雨而提前回来时，我甚至感到快乐，因为他们说雨势太大，几乎没爬一米。

我继续以学业为重，到了莫妮克找我抱怨的程度。这让我感到愉悦，但这却是一种奇怪的愉悦，而且还有一个更奇怪的副作用。从一开始，我就感觉到莫妮克在关系中的权力比我的更大，我接受这一点，并认为那是因为她对我来说比我对她更有吸引力。而现在我成了占上风的那个人。有趣的是，我陪伴她的时间越少，我们之间的权力就越平衡。所以我加倍投身于学习。大考那天，我考了五个小时就走出了考场，心里知道我交的答卷不仅能让我的导师和父亲骄傲，也能让莫妮克自豪。我买了一瓶便宜的香槟，跑向她位于宿舍一楼的房间。敲门时，我听到齐柏林飞艇的《全部的爱》在大声放着，她没有应门。我太开心了——因为那张专辑是我给她的，如果说那一刻我感受到了什么，那就是全部的爱！我跑到宿舍后面。尽管手里拿着一瓶香槟，我还是很轻松地爬上了她窗外的那棵大树。我爬到高处，在能看见里头的时候，我挥舞起瓶子来，准备喊出她的名字，告诉她我爱她。但话语堵在喉头。

我们做爱时，莫妮克总会大声呻吟，令人兴奋。但宿舍的墙太薄，我们经常放音乐来盖住她的叫声。

我看见莫妮克，但她没有看见我。她闭着眼。

特雷弗背对着我，同样没有看见我。我看见他奶白色、满是肌肉的后背。他的臀部移动着，几乎是随着《全部的爱》的节奏上下移动。

我恍惚了，直到听到玻璃破裂的声音。我向下看去，香槟瓶子砸在下头的鹅卵石小路上。在泛着泡泡的白色酒水坑中，满是玻璃的碎片。我不知道为什么会产生有人可能会看见我的念头，并为此恐慌不已。我几乎是连滚带爬地从树上滑下来的。脚触地的一瞬，我就跑了起来，飞速逃离了那地方。

我沿着来时的路，跑回买香槟的店，用我母亲寄给我的最后一点钱买了两瓶尊尼获加牌威士忌。我一路跑回宿舍，把自己锁进房间，开始喝酒。

莫妮克敲门时，天色已暗。我没开门，说自己正在睡觉，让她把事情放到明天再说。她说她有不得不和我谈的事情，但我说，我不想冒险把病传染给她。她害怕被传染，隔着门问我考得怎么样，随后就离开了。

特雷弗也来敲我的门。我说我生病了，他问我有什么需要的东西,我用他听不见的声音说"一个朋友",然后在床上翻过身去,喊了一句"没有,谢谢"。

"你得赶紧好起来,我们周五还要出去攀岩。"特雷弗说道。

周五。这给了我三天。整整三天,我沉浸在自己都不知道的黑暗中。整整三天,我被嫉妒牢牢掌控。我每呼出一口气,嫉妒就将我抓得更牢一些,让我更难呼吸到新鲜空气。这就是嫉妒,一条牢牢缠绕猎物的巨蟒。小时候,父亲带我去电影院看迪士尼拍的《奇幻森林》,电影里的人物让我感到非常困惑,因为在母亲给我念过很多很多次的那本书中,鲁德亚德·吉卜林笔下的大蛇卡奥是非常友善的。我父亲解释说,每个生灵都有两副面孔,只是我们并不总能看到另一副,哪怕在我们自己身上。但我渐渐开始看见我的另一张脸。整整三日的缺氧摧毁了我的大脑。我开始生出一些想法,此前我并不知道这些想法根植于我人格的暗处,并一直跟随着我。我看见了善良卡奥的另一面。嫉妒诱惑我,支配我,以狂热的复仇幻景将我催眠,它让我的身体震颤不已,只需另一口威士忌,它就能继续存活下去。

周五,我一扫低沉的情绪,宣称自己已经恢复。像是从死亡中复生,之前那个尼科斯·巴利已不复存在。没人能看出我的变化,就连莫妮克和特雷弗也不能。在午餐时,我和他们打了招呼,就好像此前无事发生。我和他们说,天气预报的情况很不错,我们应该能过个美妙的周末。在吃饭时,我没去听莫妮克和特雷弗的交谈,他们像是在用我听不懂的暗号对话。我听见桌子另一侧有群女孩在闲聊,讨论着她们朋友的新男友。我听着她们选择的词语,那些语气稍过的形容词;当某个女孩对另一个人议论起她们共同的朋友时,那个人的反应有点过于高兴;与平静的思绪不同,愤怒让句子变得更短、更伤人。她们在嫉妒。就这么简单。我并没有用我在心理分析方面培养出的新直觉，相反，我基于纯粹且具体的词语分析。不，我不再是原来的我了。我来了，我看到。我看到了，然后学到了。从那开始，我成了嫉妒之神。

"很悲伤的故事，"维多利亚·哈塞尔说，她穿上内裤，开始找剩下的衣物，"他们俩后来成了一对吗？"

"没有。"我答道，并在床上翻了个身，先是摸到放在床头柜上的空瓶，接着才找到快喝完的那瓶乌佐12，灌满小酒杯。"那是莫妮克的最后一个学年，还有几天就是她的大考。她考试表现不佳，随后回到法国，我和特雷弗都没有再见过她。据我所知，她嫁给了一个法国人，生了孩子，住在布列塔尼。"

"而你本来学的是文学和历史，却成了警察？"

我耸耸肩。"我离开牛津，休息了一年，但秋天回来的时候，我又开始沉迷于派对了。"

"你的心还破碎着？"

"也许吧。也许只是因为离过去太近，回忆变得太强烈了。反正，唯一要紧的事情就是继续醉着。有一次，我甚至想去搭919次航班。"

"什么？"

"在那些最糟糕的时刻，我会用力捏我从峰区捡回来的石头，"我捏拳示意，"集中注意力，将痛苦转移到石头里，让石头把痛苦全部吸走。"

"这有用吗？"

"至少我没搭上919次航班，"我喝完了杯中酒，"相反，在秋季学期到一半的时候，我退学了，乘飞机回到了雅典。我在父亲的公司里工作了一段时间，接着报名去了警察学校。父亲和家里其他人都认为我这不过是迟来的青春期反叛。但我知道，我被赋予了某种东西，某种天赋，或者是诅咒，某种可能对我有用的东西。警察学校的纪律和训练让我远离了……"我向着乌佐酒点点头，"我说得差不多了。跟我说说你吧。"

维多利亚·哈塞尔在床尾处直起身子，正扣着新洗的登山裤扣子。她用一种不可置信的神情看着我："首先，我现在要去攀岩。其次，昨天你在酒吧让我说了整整四小时有关自己的事情。你不记得了？"

我摇摇头，微笑起来，徒劳地尝试唤起记忆。"我只是想知道得更多。"我撒谎了，并且看出她知道我在撒谎。

"有趣，"她边说边走到床的这头，吻了吻我的前额，"也许晚一点再说吧。顺便说一句，你身上有我的香水味，你知道吗？"

"我的嗅觉很差劲。"

"我的很好。不过没事，我迟早会知道是怎么回事。今天晚点再见？拜拜。"

我想着要不要告诉她，今天，也就是卡利姆诺斯岛恢复航运的两天后，我终于订到了飞往雅典的机票。但说这些也不会改变什么，不过是再多做一点戏而已。

"再见，维多利亚。"

乔治按照约定在飞机起飞前一小时接上我。去机场的车程不过十到十二分钟，而我也仍然只带着手提行李。

在我上车时，他问道："感觉好些了？"

此前，我打电话给雅典，说我病了，船王家的案子他们得派别人去。我揉揉脸。

"是的。"我说,这是真的。我已不再感到一无是处。也许乌佐12喝上去像垃圾,但我不得不承认,比起皮特斯拉迪,我的宿醉感轻多了。我已经把自己喝到清醒。这一会儿,乌云已经消散。

我请他开得慢一些。我想享受在卡利姆诺斯岛最后见到的景色。这里真的很美。

"你应该春天来,花开的时候,山更加色彩斑斓,生机勃勃。"

"我喜欢它现在的样子。"我说。

当我们到机场时,乔治说从雅典过来的航班肯定晚点了,因为他没在跑道上看到飞机。他停下车,提议我们在车里坐一会儿,直到看见有飞机降落。

我们沉默地坐着,看向帕莱霍拉,那座石头城。

"以前,卡利姆诺斯岛的居民很喜欢躲在那里头,"乔治说,"躲海盗。海盗会围城好几周甚至好几个月。人们在夜里偷溜出石头城,从被掩藏起来的井中取水。据说孩子们都是在那里孕育出生的。但那是座监狱,毫无疑问。"

轰鸣声在我们头顶响起,响彻我的脑海。

ATR-72型飞机和一个想法同时到达。

"爱的监狱。"我说。

"什么?"

"弗朗兹和朱利安都在帕莱霍拉的房子里与海伦娜约过会。弗朗兹说他判他兄弟终身监禁,关在自己爱的监狱中。这可能意味着……"

飞机螺旋桨短促的轰鸣声让我的声音几乎不可闻。飞机降落在我们背后,示意我离开的时刻已至。但从乔治的表情中,我看得出他已经知道我们要去哪里了。

"我猜，这意味着，"他说，"你最后不会搭这班飞机回雅典？"

"打电话给克里斯蒂娜，告诉她带上奥丁。"

从远处看，帕莱霍拉像一座真正的鬼城。灰黑色，了无生机，所有东西都已变成石头，就好像曾被美杜莎凝视过一样。但现在，当你靠近时——像靠近谋杀案一样——细节、细微的区别和色彩就显现出来了。还有气味。

我和乔治跑过废墟，向一幢看起来多少还算完整的房子奔去。克里斯蒂娜站在门廊处，拉着吠叫不止、想要进去的奥丁。她和另外两位山地救援队的成员到得最早，我们一直通过对讲机保持联络。在她报告有所发现时，我和乔治仍有一百米要爬，尽管我们已经加快脚步。在帕莱霍拉可能仅存的唯一一个地窖中，他们有所发现。后来我了解到，这个地窖可能是在被围城的时候放尸体用的，因为城里的土不够深，没法就地埋尸安葬。

我和乔治弯腰进入低矮的地窖，在眼睛适应黑暗前，一股惊人的恶臭袭来。

也许是因为我年纪大了，我花了比过去更长的时间去适应黑暗。这也许是朱利安·施密德在我眼前逐渐出现时，我还能保持自控的原因。他裸露的身体有一部分盖着一块肮脏的羊毛毯。一位救援队队员蹲在他身边，但什么忙也帮不上。朱利安的双手被铐在一起，生硬地在头顶合十，像在做祷告，手铐被固定在石墙上的铁栓上。

"我们在等特奥多雷，"乔治小声说道，仿佛这是一场尸体解剖或教堂礼拜。"他带了一些工具来剪手铐。"

我看向地板。呕吐物、粪便和尿液混在一起。这就是味道的来源。

地上的朱利安咳嗽起来。"水。"他小声说道。

很明显,救援队队员把他所有的水都给了朱利安,于是,我靠上前去,把自己的水杯压在他干燥的唇上。我像是看见了弗朗兹半死不活的镜像。更准确地说,朱利安·施密德看上去比他的双胞胎兄弟更瘦;他头上有块很大的淤青,可能是那个台球留下的;他的声音听上去也和弗朗兹不一样。是因为他们兄弟俩一模一样,弗朗兹才无法对朱利安痛下杀手吗?事实上,这种相似是不是也让弗朗兹能更轻易地结束自己的生命?我能这样推断有我自己的原因。

"弗朗兹?"朱利安小声说道。

"他走了。"我说。

"走了?"

"消失不见了。"

"那海伦娜呢?"

"在安全的地方。"

"你们能跟她说一声吗?就说我没事。"

乔治和我交换了一下眼神。我向朱利安点点头。

"谢谢,"他说道,又喝了一口水。水顺着喉咙而下,而眼泪也从他的眼中缓缓流出,"他不是故意的。"

"什么?"

"弗朗兹。他……他大概是气疯了。我知道,他偶尔会这样。"

"也许吧。"我说。

乔治的对讲机响起噼里啪啦的提示音,他走到外面去了。

不久以后,他又把头探进来。"救护车已经到达,正在下头的路上等着。"他再次消失。恶臭实在让人难以忍受。

"我想，弗朗兹还是希望你被人找到的。"我小声说道。

"你这么认为？"朱利安说。

我知道他已经猜到弗朗兹死了。他那个祷告的姿势很容易让人想到他真的在祈祷，祈祷我能说出他想听的话。如果他想要重新变得完整，就必须听到这样的话。所以我开了口。

"他后悔这样对你，"我说，"实际上，是他告诉我你在这儿的。他希望我能来救你。他只是不知道我花了多久，才明白他话里的意思。"

"这太痛苦了。"他说。

"我知道。"我说道。

"你能做什么呢？"

我看了看周围，从地上捡起一块灰色的石头，压在他的手上。"你用力捏它，想象这块石头能吸走你所有的痛苦。"

剪线钳一到，朱利安就被带走了。

我打电话给海伦娜，告诉她我们找到了朱利安，他还活着。在我们交谈时，我惊讶地发现，在我做警探的这些年里，从没有打电话告诉任何人，他（或是她）还爱着的那个人，活着被找到了。但海伦娜的反应倒是很熟悉，和我打电话通报死讯时差不多：几秒钟的沉默，大脑可能在寻找这场误会的原因，寻找这不可能是真的原因；接着——因为找不到原因——现实和眼泪一同袭来。甚至那些坏人，那些后来被我们发现是嫉妒且有罪的一方，在这时候也会开始哭，而且往往比那些受惊的无辜者哭得更悲伤。但海伦娜的泪水不一样。那是幸福的泪水。一场阳光下的倾盆大雨。它激发了我体内一些模糊的回忆，我感觉自己喉头也紧了起来。在她啜泣着表达感谢时，我不得不咳嗽起来，让自己的声音不至于失控。

下午，我到波西亚的医院时，海伦娜已经坐在朱利安的床头，紧握着他的手。他看上去好多了。海伦娜似乎确信，是我敏锐的聪明才智救了朱利安。我并没有提到可能是因为我想象力不足，他才差点死去。

我要求单独和朱利安聊一聊。海伦娜离开前，抓着我的手吻了又吻。

朱利安对事情经过的陈述和我预想的差不多。

在酒吧打完架后，弗朗兹和朱利安在去医院的路上又吵了起来。"我说谎了，"朱利安说，"我说我之前说我跟海伦娜聊过，告诉了她所有的事情，她不仅原谅了我，还说她爱的是我。弗朗兹应该放弃她，尽快忘记她。整件事情都是谎言，但我的确想过之后给海伦娜打电话，而且我想不管怎样，结果都是一样的。但弗朗兹尖叫着说这不是真的。他把车停在路旁，打开手套箱，拿出那把他在波西亚买的手枪。"

"你之前见过他这样吗？"

"我见过他发火，我们也打过架，但我从没有见过他这么……疯狂，"朱利安的眼睛亮了起来，"但我不怪他。我会爱上那个女孩，都因为他跟我说了他们的事情，给我看照片，称赞她，把她夸到天上去。紧接着我却偷走了她。除了偷，没有别的说法可以描述这件事。我同时背叛了他们俩，弗朗兹和海伦娜。换作是我被这么对待，我可能也会做同样的事情。不，我可能会射杀对方，不会让他活到现在。他强迫我开车去霍拉，再用枪抵着我的背，让我从那里爬到帕莱霍拉。很明显，他之前已经仔细察看过四周，发现了地窖。他用买来的手铐把我铐在了那里。"

"然后他就放你去死？"

"他说我能在那里待到腐烂，接着就离开了。当然，我很害怕，但在那个时刻，我更担心的是海伦娜，而不是自己。因为他总是会回来。"

"你的意思是？"

"我们小的时候也打架，他总是比我强那么一点。有时候他会把我锁起来，锁在一间房里，或是一个橱柜里，有一次是箱子。他每次都说我会死在那里。但他总是会回来。他虽然从不表现出来，但心里一定有歉意。我很确定，同样的事情这次还会发生。直到大概两三天前，我突然惊醒，然后……"他看着我，"我不是那种相信心灵感应的人。但从我和弗朗兹的经历来看，我很想知道近一百年来我们所知的关于双胞胎之间的长距离交流的所有事情。不管怎么说，我就是知道弗朗兹出事了。当时间一点点过去，而他并没有回来时，我开始想，我可能真的要死在那里了。是你救了我，巴利先生。我永远都欠你这个情。"

朱利安从被子下伸出一只手，握住我的手。那块我之前给他的石头压在我的手掌上。"以防你哪天也感到痛苦。"他说。

在通往医院出口的走廊，海伦娜截住了我，问我能不能受邀去他们家的餐厅吃晚饭。我向她道谢，解释说我要坐今晚最后一班飞机离开科斯岛。

在去码头前，我还有些时间要打发。所以我陪克里斯蒂娜去马苏里取朱利安的衣物。

当克里斯蒂娜进屋时，我站在街头，靠着警车，欣赏着特伦多斯岛方向的美丽日落。一位提着购物袋、穿着花裙子的老太太经过我身旁，停了下来。

"我听说你们找到了双胞胎中的一个,"她说,"好的那一个。"

"好的?"

"我每天早晨九点去给他们打扫卫生,整理床铺,"她向房子的方向点头示意,"那时候他们大多已经去攀岩了,但有时我会吵醒他们俩。有个男孩总是脾气很坏,另外一个会微笑,说我不用现在来,明天再做清洁也没关系。朱利安,好的那一个叫朱利安。我到最后也不知道另一个叫什么名字。"

"弗朗兹。"

"弗朗兹。"她琢磨着这个名字。

"是德语。"我说道。

"嗯,除了朱利安,我不喜欢德国人。他们在战争期间给我们制造了不少麻烦,现在也是这样。他们对待我们的态度,就像我们是很长时间没给他们欧洲交房租的糟糕房客。"

"这形象还不错。"我说着,想到了我的祖国和德国。

"他们表现得好像已经洗心革面,"她轻蔑地笑了起来,"女领导人,还有其他种种事情。不过他们是纳粹,从始至终都是纳粹。"她摇摇头,"有一天早上我在床头柜里发现了手铐。不知道弗朗兹用它做什么,我猜是些法西斯的勾当吧。他死了吗?"

"也许,"我说,"有很大可能。几乎确定是死了。"

"几乎确定?"她看着我,脸上仍然挂着对德国人的憎恶,"警察的工作不就是弄清楚这些事情吗?"

"是这样,没错,"我说,"而我们清楚地知道,我们不知道答案。"

她摇摇晃晃地离开了。我听到街那边传来笑声。

我转过身一看，维多利亚正坐在丝柏下的凉台里，脚翘在栏杆上，嘴角叼着一根烟。

"你遇到麻烦了？"她笑着问我，把烟圈吐向几乎静止的暮色。

"你懂希腊语？"

"不，但我懂肢体语言，"她以缓慢、慵懒的动作掸去烟灰，"你不也是吗？"

我想起了那个夜晚。我在那几个小时里逐渐清醒过来。那很好。我们对彼此都很好。有点刻薄，但大部分时候是很好的。"是的，我也这样。"

"晚点酒吧见？"

我摇摇头。"我今晚飞回雅典。"

"去拜访？"

从她脸上的表情，我意识到问题刚刚出现了。她理解了——或说误解了——我回答时的迟疑。

"忘了我刚说的吧，"她又笑了起来，狠狠抽了口烟，"你妻子和小孩都在雅典，还养了狗。你不惹麻烦，麻烦也不会找上你。"

我意识到她从来没问过我现在的生活，我只说最困扰我的事：过去。

"我一点也不怕麻烦，"我说，"但我已经老了，而整个生活都还在前头等着你。"

"是呀，我对你来说太好了，你对我而言则不是。"

"最终，还是我领先了。"我说着，微笑起来。

"尼科斯，再见。"

"再见，莫妮克。"

直到上了车，我才意识到自己叫错了名字。

我回到公寓房间时，已经是午夜时分了。

"我回来了。"我对着黑暗喊着，把包扔在地上，走进开放式厨房，那里有玻璃幕墙，我能看见科洛纳基，雅典的中心，相当时髦。

我拿出口袋里的小盒子，打开来，里头放着一块灰色石头，就像金匠盒子里的珠宝。

我找到杯子，打开冰箱，灯光一路延伸到书架的镶木地板，一直照到沉重的柚木写字桌，以及桌上巨大的苹果显示屏。

继承来的钱。

我倒上满满一杯管家新榨的果汁，走到电脑前，触摸键盘。一张巨大的照片出现了，照片里，三个年轻人站在湖区的岩面前。

我点击图标，浏览着希腊所有大型报纸的网页端。每一家的主页都用大篇幅报道了卡利姆诺斯岛谋杀案的调查进展。我的名字没有出现在任何一份报道里。很好。

我亲吻了一下自己的食指，把它放在屏幕里那两个男孩之间的女孩的脸颊上，大声地说，我现在准备睡觉了。

我把装着灰色石头的盒子放在床头的架子上，紧挨着另一块石头。床大而空，丝质床单看上去很冷，我躺下时感觉自己在向大海游去。

两周后，我接到了乔治·科斯托普洛斯打来的电话。

"在弗朗兹失踪那片海滩不远处的海里，发现了一具尸体，"他说道，"实际上是海岸边。尸体在海浪冲击的岩石上卡住了。尸体暴露在糟糕的环境里，人们很少去那里，但整体状况看起来像是他沿着某条攀岩路线往上爬了五六十米，然后失足跌落。是一位攀岩者报的警。"

"我想我知道是哪条线路,"我说,"身份鉴定的结果呢?"

"还没出来。从那么高摔下来,尸体被砸得不成样子,我都有点惊讶那个攀岩的人居然还能认出这是一具人类尸体。我一开始还以为是死掉的海豚。皮肤、脸、耳朵和性器官都不在了。但他头骨上有个洞,只可能是子弹打的。"

"也可能是别的船上的难民。"

"我知道,去年我们这儿确实有些难民尸体被冲上岸,但这具尸体不像这么回事。我已经寄出了尸体的DNA样本,过几天就能拿到结果。我只是在想……"

"什么?"

"如果它和我们从水杯上取得的弗朗兹·施密德的唾液样本中的DNA图谱吻合。我们该怎么说?"

"我们说我们已经确定了尸体的身份。"

"但你记得吗?我们拿到样本的方式……没有得到授权。"

"哦?我记得,弗朗兹·施密德同意把样本留给我们。"

电话另一头沉默了。

"这是不是……"他开了口。

"是的,"我说,"我们在雅典,就是这么做的。"

三天后,鉴定有了结果。

根据检验报告,从岩石上的人类尸体中提取出来的DNA,与弗朗兹·施密德在波西亚警局自愿交给警探的样本吻合。我的名字没有被提及。

我看到新闻便把手机放到桌布下头,以免让正和我说话的女士分心。她正说到她认为自己丈夫服药过量,是因为他把自己治心脏病的药和其他药品弄混了。此前那段时间里，她丈夫被年轻的实习生迷得神魂颠倒，打算为她抛弃整个家庭。

我忍住打哈欠的冲动，想到了卡利姆诺斯岛的那片海滩南边的攀岩路线。我之前复印过一份卡利姆诺斯岛的攀岩指南，才知道这条路线被称为"雄鹰的胆量"，评级是7b。哪怕只是在照片里，这条路线看上去也十分迷人。如果我想爬，我需要比现在更好的体能，这要花不少工夫去训练，还得减重。为了让我有时间去做这件事，人们必须暂时从互相杀害中放个假，或者我自己去休假。一个长假。

## 五年后

我看向飞机窗外。脚下的海岛没有任何变化。为了让大地颤抖，波塞东将这块黄色的石灰岩投入海中。

但天上满是乌云。

在去安普里奥的路上，出租车司机告诉我，春天这里的天气不那么稳定，如果我秋天过来会更好。我看着山崖边一丛丛开花的夹竹桃，闻着百里香的味道，微笑起来。

从车上下来时，海伦娜和朱利安正站在餐馆边的台阶上等我，还带着小费迪南德。海伦娜给了我一个拥抱，好像再也不想放手似的。而朱利安在一旁咧嘴大笑。我和海伦娜常有邮件往来，她告诉我她的近况，而我会认真读信，用我聆听的方式读，然后写个简短的回复，回答一些她随信提出的问题，这是我谈话时的习惯。

一开始并不容易，她写道。案件对朱利安的影响，比他最初表露出来的大多了。在被解救和重新回到她身边的狂喜过去以后，他变得阴沉、自闭、难以相处。在海伦娜看来，他与她一开始爱上的男人截然不同。而且他总是提起他的兄弟,他原谅了弗朗兹。而且在他看来,重要的是,海伦娜和她父母应该理解弗朗兹并不邪恶,他只是在爱情中陷得太深。

事实上,情况糟糕到海伦娜都已经开始考虑要离开他,直到改变一切的事情发生:她怀孕了。

从那天起,朱利安似乎苏醒了过来,再次变成她现在几乎记不得的那个朱利安。在他失踪前,他们曾共同度过美好的一夜。那时的他快乐、善良、慷慨、温暖,带着爱意。也许此后他再也没能变回她记忆中的那个夜晚的朱利安,再也没变得那么充满活力,那么疯狂,但那又何妨呢?每个女人的丈夫不都是在最开始的日子更富有激情吗?除了忠诚、爱意和为家庭努力工作之外,还能对男人要求什么呢?就连海伦娜的父亲也不得不承认,她找的丈夫工作努力,为人可靠,待时机成熟,他也可以安心地把餐馆托付给他。

据海伦娜说,当费迪南德出生时,朱利安哭得像个孩子。和他父亲一样,这个男孩发出爱的光芒。"就像某种取暖器,"她写道,"当冬季的风暴袭击卡利姆诺斯岛时,这是你能得到的最好的礼物。"

"所以你现在觉得自己可以挑战'雄鹰的胆量'了。"朱利安笑着说。我把行李安置好之后,走到餐馆来吃午饭。烤章鱼,这是他们的特色菜,味道真是不错。我注意到朱利安没尝这道菜,不知他是不是受到了"章鱼以尸体为食"的传说的影响。当然,这不是传说。只要有机会,海里的生物不会放过葬身大海的一切。

"我不知道,"我说,"但我至少有在雅典周边攀岩。"

"我们明天一早就动身。"他说。

"那是条特别长的路线,"我说道,"足足有四十米。"

"没问题。我这里有八十米长的绳子。"

"那就好。"

这时，他手机响了。他正准备接电话，突然停下来，看着我。

"你的脸色看上去很苍白，尼科斯，你还好吗？"

"当然，"我撒谎说，成功挤出个微笑。我的胃绞痛起来，全身都是汗，"接电话吧。"

他探究地看了我很久。可能他觉得是这条攀岩路线的高度让我不安。

他接起电话，铃声终于停下。

《全部的爱》。

和以往一样。这首歌不仅把我带回了四十年前，回到那棵牛津院子里的树上，它还能让我真的感到身体不适。

朱利安肯定意识到了攀岩并不是让我不舒服的理由。打完电话，他问我说："你不喜欢这首歌？"

"说来话长，"我说，花时间平复自己以后，我终于可以笑出来了，"但我以为你不喜欢齐柏林飞艇。我记得你之前的手机铃声要更柔和。"

"是吗？"

"是呀，艾德什么的，艾德·奇普？艾德·希普？"

"艾德·希兰！"海伦娜喊道。

"就是这个名字。"我说，看着朱利安。

"我喜欢艾德·希兰。"海伦娜说。

"朱利安，你呢？"

朱利安·施密德举起他的水杯："我可能同时喜欢齐柏林飞艇和艾德·希兰。"

他喝了很久的水，眼睛没离开过我。

"我刚刚想到，"他终于把杯子放下来，开口说道，"天气预报说，明天可能会有雨。很难知道附近的锋面云会不会跑到岛上来。尽管这个路线有凸出于岩面的遮挡，风还是可能会吹来太多雨水，把整个岩面淋透，我们为什么不今天就去攀岩呢？你在岛上的时间这么短，今天就去吧，我们至少可以保证你在走之前可以挑战一下这条路线。"

"是呀，如果你跑这么远的路，就只看望了我和费迪南德，也太不值当了。"海伦娜说。

我笑了。

吃完饭后，我去楼上自己的房间做准备。在打包攀岩装备时，透过窗子，我看见朱利安和费迪南德在玩耍。男孩边笑边绕着他父亲跑，每一次朱利安抓住他，把他抱起来转圈时，费迪南德的蓝白色帽子都会被甩掉，男孩快乐地尖叫着。就像是一场双人舞，一场我从没有和自己父亲尝试过的双人舞。或许我也曾有过这样的时刻？如果真是这样，我一定是把它给忘了。

朱利安停好车，问道："你兴奋吗？"一路上，我们都没有说话。这条路线的终点是弗朗兹的车被发现的地方。

我点点头，看向海滩。一切都与之前不一样。没有阳光。浪低语着，平静地卷过沙滩，没有在岸上碎开。

经过二十分钟的快走，我们到达了起始点，向上看"雄鹰的胆量"。在铁灰色的云的笼罩下，它看起来更为险峻。我们穿上攀岩的安全带，朱利安递给我两串快挂。

"我想你可能想要一次完攀。"他说。

"谢谢，你高估了我，但我会试试，看一次能攀多远。"我把快挂挂上自己的安全带,把自己连上绳索,穿上我那双舒适的旧攀岩鞋,它曾陪我在湖区攀岩。我把手伸进用软线固定在我腰间的树脂袋。但我没有走向岩面,而是走到路线的边缘朝下看。

"那是人们发现他的地方,"我说,朝下面的碎浪点点头。它们比之前平静,但在短暂的延迟后,仍向我们这边打过来,"但你应该早就知道了。"

"是的,我知道,"我背后的声音说道,"你知道多久了?"

"知道什么?"

我转向他。他的脸色苍白。也许只是因为光线,某一刻他的脸色让我想起了特雷弗。但话说回来,我最近时常想起特雷弗。

"没事。"他说着,把绳索穿过绑在他的背带套裤上的手动ATC保护器,表情和语气都变回毫无波澜的样子。他一项一项检查起自己的装备清单。"你已就位,铁锁已系紧,绳索长度足够,你的绳结看上去也没问题。"

我点点头。

我把一只脚放上悬壁,抓住第一个明显的手抓点。绷紧身体,我提起另一只脚。

攀岩的前十米还不错。我移动得很轻松。减重和增肌让我变得不一样了。我攀岩的心态也已变得更好。前一年,我从膨胀钉很少的路线上摔下来过好几次,当安全绳在我坠落八到十米后拉住我,让我来回晃荡时,我甚至没有感觉到松了口气,只是对自己没有在不坠落的情况下完成路线这件事有些许失望。但这条路线上的固定膨胀钉之间的距离更近,如果我摔下来,也不会下坠太远。实际上,在我把快挂挂上膨胀钉,把绳子缠上去的时候,我都开始怀疑自己是否带了足够多的快挂。

就在我手上的薄石灰岩碎裂的瞬间，我听到了海鸥的鸣叫。我向下摔去。这只是一瞬间的事情，经常被人们不准确地描述为失重。接着，安全绳和安全带在我的腰臀处拉紧。短暂但结实的一摔。我看向站在地上的朱利安，绳索紧紧拉住他安全带上的制动器。

"对不起，"他喊道，"你下落得太快了，我没来得及拉住你。"

"没关系。"我喊回去，因为我距离突出的岩面太远，只能以自己手臂的力量，沿绳索把自己拉回去。尽管我大概只往下掉了三米的距离，且朱利安也用他的体重把绳子拉紧了，攀岩绳还是太细、太滑了，当我回到上一个缠绳索的膨胀钉时，已经筋疲力尽。我看向自己的手，手心被磨掉了不少皮肤。

在休息后，我继续向上爬。在路线最难的部分，我不得不抓着快挂往上爬，除此之外，我感觉自己沉浸在心流中，不需要思考，虽然路线上仍存在一二未知之处，我的手和脚似乎都能自动解决它们。到达十五米的最高处，我带着内在平静而深邃的满足感，把绳索挂上固定点。我还是没能在一次都不坠落的前提下完成整条路线，但无论如何，这次攀爬都很有魔力。我转头看风景。据乔治说，天气晴朗时，你可以从卡利姆诺斯岛望见土耳其的海岸，但今天我只能看见大海、我自己和这条路线。还有那根绳索，向下连着我救过的人，危险发生时，他也会救我。

"我准备好了！"我喊道，"你可以把我往下放了！"

我在静止、沉重的午后空气中向下移动。日光已经渐渐黯淡；朱利安一攀完，我们就得立刻折返，否则我们只能在黑暗中走那段陡峭且布满石头的下山路。但很快，我意识到朱利安不会再攀岩了。在向下几米后，我突然看见，那条穿过我一路向上到固定点再往下折的黄绳子有一截是黑色。

那是绳索中点的记号。

"绳索太短了!"我喊道。

尽管没有风,但可能因为浪,或是海鸥的鸣叫,或仅仅是心不在焉,他没有听见我的喊叫,而是继续把我往下放。

"朱利安!"

但他继续放着绳索,而且速度比刚才更快。

我看向大海,又看向路线,剩下的绳索蛇一般向上蹿,像是随着长笛起舞的眼镜蛇。我现在看见了,在绳索的尽头没有绳结。

"朱利安!"我再度大喊。我离他很近,甚至可以看到他面部的杀意。他要杀了我,几秒之后,绳子将从他那边的制动器中毫无阻碍地滑脱,我将直接摔死。

"弗朗兹!"

弹力绳在触地前被拉紧。我的安全带紧紧压住了我的背。下坠终止。我在空荡荡的半空中来回摆荡。我离朱利安大概只有两到三米远,但因为我垂直挂在位于顶部的固定点下,所以我悬挂在整条路线的边缘位置。如果绳子穿过他身上的制动器,我将直直越过朱利安,往下再坠落五六十米,砸在岩石上。那里海浪翻腾着,就像是摔碎的香槟瓶里的酒。

"看来这个绳子没有八十米那么长,"朱利安说,"抱歉,犯错是人之常情。"他的脸上没有丝毫歉意。

这就是他将军的一步棋。棋局将结束于制动器和他的手下仅剩二十厘米的绳子。现在这是唯一在拉住我的东西。角度和摩擦力让他不太费力就能在这里把我稳住。但从另一方面看,他不可能永远这样做。如果他放手,这看起来不会像一场谋杀,而是最常见的攀岩事故:绳子太短。

我点点头，说："你是对的，弗朗兹……"

他没有回话。

"犯错才是人之常情。"

我们研究着彼此。他一只脚站在攀岩路线上，半坐在背带套裤和绳索上。而我在他头顶摇晃着，底下是深渊。

"悖论，"他终于开口，"这个词来自希腊语，不是吗？当费迪南德上床睡觉时，他会怕黑，要爸爸给他讲童话故事，才肯睡觉。但费迪南德总要听恐怖故事。这不是个悖论吗？"

"也许是，"我说，"也许不是。"

"不管是哪种情况，你都能看到黑暗在靠近，也许现在该换你讲个恐怖故事了，尼科斯，或许之后你和我都不会那么害怕了。"

"要不我们先解决下眼前的困境？"

他稍稍松开抓绳子的手，让绳子往下滑动几厘米，更靠近制动器。

"我想，"他说，"出路就在你讲的故事里。"

我咽了咽口水，朝底下看。自由落体六十米不用花太长时间。但你可能会在这段时间里想很多。不幸的是，在这段时间里，你的下落速度也将达到123.5千米每小时。我能活过撞击水面的时刻，然后溺水而亡吗？还是我会撞到岩石上，瞬间无痛地死去？我曾近距离见过这种情况。在他触地后的那一秒，在所有人开始尖叫和四处乱跑前，那种毫无戏剧感的平静最为引人注目。天在变冷，但我仍可以感觉到我的汗像是熔化的蜡一样向下淌。我从未打算以这种方式揭穿假冒的朱利安，因为我的生命掌握在他的手里，字面意义的手里。但从另一个角度来说，这很符合逻辑。实际上，这让所有事情都变得轻松不少。最后通牒会变得非常清晰。

"好，"我说道，"你做好准备了？"

"我准备好了。"

"很久以前……"我深吸一口气，"很久很久以前，有个叫弗朗兹的男人，他嫉妒到发狂，杀了他的双胞胎兄弟朱利安，这样一来，他就能得到可爱的海伦娜。弗朗兹把他的兄弟带去海边，一枪打爆了他的头，再把尸体丢进海里。但随后弗朗兹意识到，海伦娜爱上的是朱利安，而且只爱朱利安，她不想要弗朗兹。于是他用了些手段，把事情安排得像是他自己头上中弹，死在了海里。随后他把自己锁在一个地窖里，当被找到时，他假扮成朱利安，在失踪后，一直待在这个地窖里。每个人都相信了这种说法，相信他就是朱利安，弗朗兹就此得到了海伦娜，他们从此幸福地生活在一起。满意了吗？"

他摇摇头，但仍紧紧抓着绳子。"你不是那种生来就会讲故事的人，尼科斯。"

"确实。"

"例如，你没有证据能证实这个故事。"

"为什么你会这么想？"

"如果有证据，你不会一个人来这里，我也应该很久以前就在蹲监狱了。而且我碰巧知道你已经不做警察了。如今，你在国家图书馆里读书度日，我说得对吗？"

"不对，"我说，"我去的是根纳第斯图书馆。"

"所以你为什么还要来拜访我们？是不是人老了，不再确信自己找到的是真相，所以来追查这让你不得安宁的案子？"

"我确实没有得到平静，"我说，"尽管和这件案子无关。但我确实不是过来寻找证据的，因为证据早就在我手中。"

"你在说谎。"他握住绳子的手，指节变得更白了。

"我没说谎,"我说道,"当海中尸体的DNA与我们审讯弗朗兹时取得的样本相符时,所有人都以为可以圆满结案。但当然存在另一种可能性。因为同卵双胞胎来自同一个受精卵,遗传基因完全相同,他们的DNA自然也一模一样。理论上,我们找到的尸体可能是朱利安,也可能是弗朗兹。"

"所以呢?这也不是证明尸体不是弗朗兹的证据。"

"你说得对。等到你——弗朗兹——留在水杯上的指纹比对结果出来后,一切才真相大白。我们在波西亚警局谈话时,你用那个水杯喝过水。我将那个指纹和我雅典家里的指纹做了比对。"

"雅典?"

"准确来说,在我床上头的架子上的盒子里。指纹留在那块你在医院给我的石头上。是的,悖论这个词来自希腊语。而这里的悖论是,尽管同卵双胞胎的DNA一致,他们的指纹却不一样。"

"这不是真的。我和他比过指纹,它们看上去一模一样。"

"几乎一样。"

"我们拥有同样的遗传基因,为什么指纹会不一样?"

"因为指纹并不是百分之百由基因决定的。它也受到你在子宫时的环境影响。两个胎儿的相对位置,脐带的长短,这些都会带来血流和营养的不同,而这些会决定指头的生长速度。当孕期十三周到十九周之间时,你的指纹会完全形成,已经出现了细微的差异,仔细观察就能发现。我做过仔细比对。你猜怎么着?在医院,那块朱利安给我的石头上的指纹,和在警局时弗朗兹用过的水杯上的指纹,完全一致。简单来说,这两个人……"

"就是同一个人。"

"对,弗朗兹。"

也许只是因为天快黑了，也许只是因为我们总是会根据我们接触到的新信息，来调整自己的偏向，在我看来，我身下的那个人逐渐变回了弗朗兹的模样。我看着他丢下面具，从他这些年一直在扮演的角色中挣脱出来。

"而你是唯一知道这件事的人？"他小声说道。

"对。"

从海那边传来一声海鸥的悲鸣。

这是真的。我靠着这些指纹、艰难的推理和生动的想象力，独自一人重构出了这场身份转换的全过程。

在去医院的晚上，朱利安就被杀了。很有可能是在他们争吵的过程中，某个瞬间，嫉妒带来了狂怒。我推测，为了让弗朗兹放下海伦娜，朱利安声称自己当天联系过海伦娜，说自己是弗朗兹的双胞胎兄弟，之前对她说了谎，而尽管如此，海伦娜还是更想和朱利安在一起。这是朱利安对弗朗兹说的谎。在我告诉海伦娜前，她并不知道这儿有一对双胞胎兄弟。但朱利安知道自己是对的，海伦娜更喜欢他，因为他向来都比自己阴郁的兄弟更擅长抓住女人的心。我猜这时候，弗朗兹被嫉妒冲昏了头脑，拔出鲁格枪，射杀了他的兄弟。在同样盲目的狂怒之下，他根本不考虑结果，给海伦娜发了一条短信，说自己杀了朱利安。他以为海伦娜已对朱利安许下承诺。接着，弗朗兹冷静下来。他意识到，如果他接下来每件事情都做对了，海伦娜可能仍会是他的。他找了一条路，一路开到海边，脱下朱利安的衣服，把尸体丢进海里。接着开车回到马苏里，把朱利安的衣服、手机和其他个人物品放回房间。在第二天早上，报案说朱利安失踪，说在天没亮的时候，朱利安就出去游泳了。尽管朱利安溺亡的说法很可信，但弗朗兹知道，如果我们发现了前一晚兄弟俩的争执，会让他成为被警方仔细调查的对象。所以他删掉了之前发给海伦娜的信息。同时,他也删了给维多利亚拨过八次电话的记录。前一晚,维多利亚看见他独自回屋。他很有可能是想打电话解释那天晚上发生的事情,说服维多利亚,让她不要跟警方报告,以免事情变得更复杂。但在波西亚的警察局和我聊过之后,他意识到我们可以从电信公司那边拿到通话和短信的记录。他也知道我和海伦娜谈过。在走去奥德修斯山岩面的路上,他还看见我和维多利亚交谈。弗朗兹意识到,他身边已经密布暗网。

他绝望了。

朱利安的尸体还没有被找到,那是他唯一能利用的事情。而且,他和朱利安的DNA一致。所以,如果朱利安的尸体哪天被人找到,他也许可以骗过我们,让我们误以为那是弗朗兹。

弗朗兹·施密德唯一的希望是消失,不再存在。所以他表演了一场自杀。在海滩上,他给我打电话,宣称要自杀,这样就不会再有人怀疑。他留下朱利安还活着的线索,但他说的是朱利安会在自己"爱的监狱"里被人找到。解开谜题需要时间,这样他才能到帕莱霍拉等着。但他没算到,我花了好几天才找到答案。打完电话后,他把衣服和手机留在车里,光脚走进浪里,丢掉了手枪。如果我们找到枪,只会增强他自杀的可能性。随后他从岩石那边再次上岸,花了不到一小时,从那里走到帕莱霍拉。当时是晚上,还有风暴,他知道,这一路上碰到任何能认出他的人的概率非常低。

"你有块羊毛毯,但你去帕莱霍拉时一定穿着衣服和鞋子,"我说道,"你把它们丢在哪里了?"

我能看到弗朗兹松了手,贴着黄色胶带的绳索一端向他的手边滑去。

"在霍拉,"他说,"在城墙下的一个垃圾桶里。和泻药、催吐剂的包装盒一起。我吃了药，这样你们找到我的时候，我才会像已经被锁在那里很久。我进了地窖，接着像猪一样拉屎和呕吐。我真的以为你不会花太久就能找到我。"

"后来你就一直待在地窖里？"

"我白天是的，否则可能会有游客或其他人从霍拉那边看见我。但晚上我会出去，呼吸几口新鲜空气。"

"当然，直到'营救'将近时，你才把自己锁在墙上。你把手铐的钥匙藏在哪里了？"

"我把它吞下去了。"

"那就是你在那里吃过的唯一的东西？难怪你看上去瘦了好多。"

弗朗兹·施密德笑了。"四公斤。我本来就很瘦，所以很明显。意识到你没有理解我给的线索的那一刻，我有点绝望。我开始大声呼救。当我最终听到有人走过来时，我的声音已经嘶哑，几乎失声。"

"这就是你的声音和弗朗兹不一样的原因，"我说，"你把自己喊哑了。"

"没人听到我的求助。"弗朗兹说。

"没人听到你的求助。"我重复道。

我深吸一口气。攀岩安全带变紧了，血液循环受阻，我的脚早就开始收缩。我当然知道，他此刻坦白有两种理由。一种原因是，无论发生什么，他都会让我掉入深渊。另外一种原因则是，坦白让人感觉很好。它能把重担交给别人来承负。这大概是教堂吸引大众的原因之一吧。

"然后你顶替了自己的兄弟，继续活下去。"我说。

弗朗兹·施密德耸耸肩。"朱利安和我对彼此的生活了如指掌，所以这比你想象的可能容易些。我答应海伦娜我很快就会回来，接着就回了美国。我和那些过于了解我们的人保持距离,比如家人、朋友,以及朱利安的同事。这种孤僻和其他奇怪的情形都被归因于我经历创伤后的失忆。最难的部分是葬礼,我妈妈说她觉得我是弗朗兹,悲痛让她发疯。还有那些葬礼发言,那时我才意识到有多少人爱着我。在下葬后,我辞去了朱利安的工作,回到卡利姆诺斯岛。海伦娜和我举行过一场小型婚礼,我只邀请了妈妈。但她没有来。她认为我从弗朗兹手上偷走了海伦娜,而海伦娜也背叛了弗朗兹。在费迪南德出生前,我们几乎不再联络。但从我寄费迪南德的照片起,我们就恢复打电话聊天了。你看,事情都是这么解决的。"

"那海伦娜……她知道这些吗?"

弗朗兹·施密德摇摇头。"为什么你要这么做?"他问道,"你给了我一根安全绳,把另一头系在自己身上,接着告诉我,如果我杀了你,就不会有人知道这些事情。"

"换我来问你吧,弗朗兹。独自一人背负这些重担,不可怕吗?"

他没有回答。

"如果你现在杀死我,你仍然是一个人。不仅是在狂怒之下杀过人,还成了冷血的杀人犯。这就是你想要的?"

"尼科斯,你让我没得选。"

"人总是有选择的。"

"也许如此,如果只考虑自己的话。但现在我有个家庭要照顾。我爱他们,他们也爱我,我愿意为他们牺牲一切,无论那是我灵魂的平静,还是你的命。你真的认为这很奇怪吗?"

我往下落。我看到绳子末端闪过,消失在弗朗兹手中,心里知道一切都结束了。但紧接着,安全带在我的大腿和后背再次收紧,我在弹力绳上轻轻摇晃着。

"一点也不奇怪。"我说道。我心跳慢下来,最可怕的部分已过去,我不再害怕死亡。"因为我来这里就是为了给你提供心灵的平静的。"

"不可能。"

"我知道我不能让你完全平静下来。毕竟你杀了你的兄弟。但我可以让你从暴露的恐惧中解脱出来,让你不必再时时刻刻注意自己的身后。"

他非常快速地笑了一下。"因为现在已是终点,我马上要被逮捕了吗?"

"你不会被逮捕,至少不会由我来逮捕。"

弗朗兹·施密德往后仰了仰。现在安全绳末端在他手上,问题仅在于他还能坚持握住绳子多久。不过没关系,我已经准备好就此结束生命。这是我能接受的两条出路中的一条。

"那为什么你不会逮捕我呢?"弗朗兹问道。

"因为我想要得到同样的东西。"

"同样的东西?"

"我也想要让自己的灵魂平静下来。我不能逮捕你却不把自己送入监狱。"

我能看见静脉和肌肉从他手臂后侧的皮肤下凸显出来。他的颈部肌肉绷紧,呼吸也变得沉重起来。我知道我只剩下几秒钟。几秒钟,我需要把改变了我余下人生的那一天发生的事情,压缩进一两个句子之中。

"这个夏天,你打算做什么?"我举起保温杯的杯盖,凑在嘴边，问特雷弗。

特雷弗、莫妮克和我分别坐在不同的石头上，面朝着彼此。在我们身后是一堵二十多米高的岩墙，面前是一片正温柔起伏着的草地。草地大部分都没被开垦过，我们时不时可以看见奶牛。像今天这样的晴天，站在岩墙的顶端，你可以看到工厂烟囱排出的烟雾在谢菲尔德上空盘旋。我们已经攀完了岩。天空中，太阳也不再高悬，所以在出发回去前，我们能吃点东西，短暂休息一下。杯子烫得我粗糙的指尖生疼，而且因为我才在手上抹了伊丽莎白雅顿的"8小时润泽霜"，它变得很滑。这款为女士设计的化妆品诞生于二十世纪三十年代，但我和其他数以百计的攀岩者发现，它修复皮肤的效果比其他任何获得专利的攀岩专用霜还要好。

"不知道。"特雷弗答道。

我觉得今天和他说话很困难，和莫妮克也是。在从牛津过来的车上，还有在攀岩的时候，都是我这个心碎的人在喋喋不休。讲些笑话。保持昂扬的精神。当然，我看到他俩在交换眼神，像是在说，谁开口告诉他，你还是我？但我巧妙地没给他们任何合适的机会开口。在车里的时候，我没给他们留出片刻安静的时间。我讲着没意义的话，和攀岩没有什么关系的话。我想我多半听上去像个疯子。因为莫妮克要用周末余下的时间准备期末考试，我们的旅程将在当天往返。所以也许他们也在故意等待，等到我们快到家的时候再说，这样投下炸弹后，他们也不必再花几个小时和我一起待在车里。从另一方面来说，他们也可能非常想要说出来，坦白他们的罪行，发誓再也不会发生这样的事情，接受我的失望，也许甚至是我的泪水。之后他们也会得到我的宽恕，我宽宏大量的承诺，说，是的，我们可以假装一切从没有发生过，还像以前一样生活。是的，甚至我们会比以前更亲密，因为我们提前品尝到了差点失去彼此的感觉。

那一整天,我们都在用传统的方式攀岩,这意味着我们只在山体允许的地方固定好自己的膨胀钉。自然,这比用永久固定的膨胀钉去攀岩要危险不少,因为你只是把楔子塞进裂缝里,如果你摔落,它们很容易从山体中滑出来。奇怪的是,尽管心烦意乱,我却攀得很好。我非常放松,几乎忘记了危险,把那些难攀之处当成了稳定、安全的支撑点。但对莫妮克和特雷弗来说,情况似乎截然相反。尤其是特雷弗。他突然想要把膨胀钉插在每个地方,甚至是在非常轻松就可以通过的路段,这让攀岩的时间变得格外漫长,令人心烦。

"你夏天的计划呢?"特雷弗吃了口三明治,问道。

"在雅典为我父亲打工,"我说,"挣够去法国看莫妮克的钱。终于可以和她的家人见一面了。"

我对莫妮克露出微笑,她勉强笑了笑。她可能已经忘记了,仅仅三个月前,我们俩还在仔细查地图,挑选葡萄酒庄园和小山峰,愉快地检视每个细节,就好像我们要去喜马拉雅山冒险那样。

"我们最好告诉你一声。"特雷弗低头盯着地面,小声说道。

我感觉自己越来越冷,心在胸腔里往下沉。

"我也打算这个夏天去法国旅行。"特雷弗继续嚼着三明治。

他这是什么意思?难道他们不打算告诉我之前发生的事?关于他们犯过的错,已经成为过去的事情,莫妮克因我的忽视而感到孤独,特雷弗屈服于某一刻的脆弱,当然,这些都不是借口,但他们不说说自己的懊悔,不承诺以后再也不会发生这种事情吗?难道这些他们都不打算说吗?特雷弗打算去法国,难道他们俩……现在成了"他们俩",难道他们俩还打算照着我和莫妮克规划的路线走吗?

我看向莫妮克,她也盯着地面。我恍然大悟。我明白我才是视而不见的那个人。但我看不见,是因为他们俩弄瞎了我。黑暗、邪恶而庞大的东西在我体内升起。它无法被阻拦,就像是胃的痉挛,黄绿色的、恶臭的呕吐物马上要被吐出来。但它无路可走;我的嘴、鼻子、耳朵、眼睛都被缝上了。所以呕吐物占据了我的大脑,在我体内横冲直撞,把所有理性的念头都赶出去了。

我看得出特雷弗已经为最难攀的那一段做好了准备。他深吸一口气,新近变宽的肩背膨胀起来。那是我从窗口看见的奶白色后背。他张开嘴。

"你知道吗,"我急忙开口说道,"在我们离开前,我还想再爬一条路线。"

特雷弗和莫妮克困惑地看了彼此一眼。

"我……"莫妮克开口说。

"不会花太长时间,"我说,"就艾克瑟德斯。"

"为什么?"莫妮克说,"你今天已经爬过那一段了。"

"我想试试徒手攀岩。"我说。

他们两个盯着我。一片寂静,我可以听到其他攀岩者和百米开外做固定点的另一人之间的对话。我拉上自己的攀岩鞋。

"别胡来。"特雷弗紧张地笑着说。

我从莫妮克的表情能看出她知道我不是在胡来。

我在攀岩裤上擦干了自己滑腻的指尖,站起身来,沿着岩面开始走动。艾克瑟德斯是一条我们再熟悉不过的路线。我们用绳子攀过数十次。在终点不远处,会迎来最难的那一段,之前都很好爬。在终点前,你需要鼓足勇气,放弃自己的平衡,把左手伸向一个倾斜向下的小的手抓点,这意味着除开岩石的摩擦力,没有什么能阻止你下坠。正因为是摩擦力,我们从地面都能看见,那个手抓点因沾满了树脂而发白。在攀爬前，每个攀岩者都需要把手浸在树脂包中，这样手才会尽可能地干燥。

当你左手抓住那个手抓点之后，接下来唯一的选项是把右手移到更大的一块手抓点上，把脚提到岩架上，然后爬完最后轻松的几米。登顶之后，你可以从岩石背后的下坡轻松滑下，不需借助绳子。

"尼科斯……"莫妮克说，但我已经开始攀岩。

十秒后，我已经来到了岩面的高处。我听到岩面远处的交谈突然停下，知道他们意识到我在进行徒手攀岩。没有绳索，也没有任何安全措施。我听到其中一位攀岩者在小声地咒骂着。但我继续往上爬。爬过了那个点，也许我就可能会改主意，往下爬回去。因为那里很棒。岩石。死亡。它比世界上任何一种威士忌都要好，它真的能让我排除一切杂念，忘记整个世界。在树上看见特雷弗和莫妮克做爱后，这是我第一次摆脱痛苦。现在我爬得那么高，如果犯个简单的错误，比如滑倒了，精疲力竭了，或者手抓点碎开了，我不会仅仅摔倒、伤到自己，我会死。我听说，那些徒手攀岩者会训练自己不去想死亡，如果你害怕，肌肉就会变得僵硬，供氧就会受阻，乳酸堆积，你就会坠落。但那天我根本不是那么做的。我越是想到死亡，攀岩似乎就变得越轻松。

我已经到了最难攀爬的地方。我所要做的就是让我的身体向左边倾斜，然后用左手抓住那个小手抓点，让自己不再下落。我停下了。不是因为犹豫，而是想要享受这一刻，享受他们的恐惧。

我用自己左脚大脚趾站立，让我的右脚悬空晃荡，保持向左倾斜时的平衡。当我失去平衡，放弃控制，把自己交给重力时，我听到了莫妮克的尖叫，同时感到自己身体中那美妙的空洞。我甩出自己的左手，找到手抓点边缘，牢牢握住。坠落在刚刚开始的时候就被止住了。我移动右手,抓住另一个牢靠、巨大的手抓点,把脚踩在岩架上。安全了。我几乎立刻感到一种奇怪的失望。另外两个攀岩者,两个年长的英国人,向特雷弗和莫妮克走过去。这会儿他们看见我不再有坠落的风险,开始大声表达他们的愤怒。我听见他们说了一些惯常的话:徒手攀岩应当被禁止,攀岩在于风险管理,而不是为了挑战死亡,像我这样的人对年轻的攀岩者来说是坏榜样。我听到莫妮克为我辩护,说如果他们不介意她这么说的话,今天这里也没有年轻的攀岩者。特雷弗什么都没说。

现在我站稳了,为了休息,也为了把乳酸从我的肌肉中排出去,在最后几米,我使用了一种攀岩熟手的技巧,转动左右臀部,交替地向着我正对的岩面,同时交替用我的左右手作支撑。当我的左臀擦过岩石的时候,我感到有什么戳到了大腿。是那管伊丽莎白雅顿的润泽霜。我把它放在了裤子口袋里。

在后来的很多年里,我试图重建整件事,试图回顾那时我自己的想法,但我从未做到。我唯一能得出的结论是,我们在回顾自己的思考这方面有着令人惊讶的无能,就像是做梦一样,思绪飞速溜走,我们只能从真实发生、已成历史的行为中推断我们当时的想法,仅此而已。

而在英格兰的湖区,那个周五下午,我做的事情就是稳稳地站着,右手抓着石头,左手伸进裤子口袋中。因为我靠自己身体的左边站着,臀部靠着岩面,站在下面的人看不到我的左手和左边口袋。而且他们正专注于讨论自杀式攀岩的伦理困境。我把手伸进裤子口袋,打开润泽霜的盖子,按一下,让两根手指沾满浓厚、油腻的膏体。我继续用右手抓住岩石,把左手放回刚刚那块小的手抓点上,看上去像是想要稍稍调整一下位置,随即把润泽霜涂在了手抓点上。雅顿的膏体看上去和此前在那儿的白色树脂一模一样。我把余下的润泽霜擦在了大腿内侧的裤子上，我知道，如果我两腿并拢，就没人能看到它的痕迹。接着我爬完登顶的那几步。

当我从岩石背后的斜坡下来，绕到岩石前头的时候，另外两位攀岩者已经走了。我看到他们俩正沿着田野中的道路离开。乌云从西边飘过来。

"你是个白痴吧。"莫妮克嘘我。她背着自己的登山包，准备往回走。

"我也爱你，"我说着，脱掉自己的攀岩鞋，"到你了，特雷弗。"

他用不可置信的眼神看着我。

在小说里，简单的一瞥往往蕴含着巨大的叙事力量。从文学上来说，这种惯例总能帮助写作者把故事讲好，有时候甚至效果极佳。但就像我此前说的那样，我不是一位解读肢体语言的专家，也不比其他人对气氛更敏感，因此我只能根据他的表现，得出"他知道"的结论。他知道我知道。这将是他悔罪的方式；用和我刚才一样的方式去挑战死亡。只有这样，他才能表达对我的尊敬，祈求我的原谅。

"你劝他做蠢事，也不会让你刚刚做的蠢事变得不那么蠢！"莫妮克又嘘我。她眼里充满泪水。也许正因为如此，我才没听见她随后的长篇大论。我凝视着那些泪水，不知道它们是否为我而流。为我们。还是为她和特雷弗踏入的道德陷阱？毕竟这和她此前支持的一切都背道而驰。还是为了马上要捅向我的那一刀？这一刀需要的勇气远比他们拥有的多。但一会儿后，我也不再想这些了。

当莫妮克意识到我没有在听，也没有在看她，而是看着她的背后，随后是她头顶的时候，她转过身，看见特雷弗已经在岩石之上。

她尖叫起来。但特雷弗已经过了那个可以后悔并回撤的地方。过了那个点，我也无法后悔。

不，不是这样的，我可以警告他。我可以尝试让他找别的路，找另一个抓手的地方，让他爬过最难的那一段。我可以这么做。但我当时有考虑过吗？我不记得了。我知道我这么想过。但我是在那时就这么想的，还是之后才这么想的？为了能让我脱罪，或至少让我减轻罪责，我的记忆跳过了多少？我还是不知道。哪一种更痛苦？活在特雷弗去法国，也许会与莫妮克共度余生的现实之中，还是我命中注定的另一种，那就是无论如何都会失去他们俩？还有哪种痛苦比这些更糟糕呢？也许是我和莫妮克生活在一起，生活在谎言里，生活在否定之上，知道我们的婚姻是站不住脚的，它不是基于相互的爱，而是基于相互的罪责。我们婚姻的基石是她爱得更深的那个男人的墓碑。

我本可以警告他，但我没有。

因为那时候，我会和今天做出一样的选择——活在谎言、否定和罪责中，但和她在一起。但要是我知道这样的事情根本不会发生，我会希望那个掉下来的人是我。但我不知道。我不得不活下去。直到今天。

我对那天接下来发生的事情的记忆不多。它们一定存在于大脑的某个地方，在我从没有打开的抽屉里。

我只记得在我们开车回牛津的路上的事。那已是晚上，距离特雷弗的尸体被从山上运下来已经过去了好几个小时。在这段时间里，我们给警方提供了证词，并试图给特雷弗几近发狂的母亲解释事情的经过，而一旁，他父亲痛苦的啜泣刺穿了空气。

我在开车。莫妮克保持沉默，我们开在诺丁汉和莱斯特之间的M1公路上。伴随着大雨，温度急剧下降。我打开了座椅加热和雨刮器，心想所有一切都会被冲走，那些在攀岩路线上对我不利的润泽霜。在温暖的车内，莫妮克突然说她闻到了香味，从余光中我看见她转向我这边，盯着我的膝头。"你的大腿内侧沾着些白色的东西。"

"树脂。"我回答得很快，眼睛没离开路面。就好像我知道她会指出这一点，并且已经准备好了解释。

余下的路，我们一直沉默着。

"你杀了你最好的朋友。"弗朗兹·施密德说。

他的语气既不像是指责，也没有一丝惊讶在里头。他只是在陈述事实。

"现在你了解我的程度，和我对你的一样。"我说道。

他抬头看看我。一丝微风吹起了他额前的头发。"你以为这样我就不用怕你了。但你犯的罪已过追诉期，你不可能因此再受到惩罚。"

"你难道不觉得我一直生活在惩罚之中吗，弗朗兹？"我闭上了眼睛。他放不放开绳索都无所谓，我已经坦白了自己的罪行。当然，他无法赦免我的罪。但他可以——我们可以——给彼此一个故事，告诉对方，我们并不孤独，并不是唯一的罪人。这并不会让罪行变得可被原谅，但这让我们复归为人。把罪行变回人的堕落。人总是在犯错。但至少，坦白让我变回人。他能理解吗？我来就是给他机会，让他能回到人类中？这也让我自己能回去。我是来拯救他的，就像他也将拯救我？我再次睁开眼，看着他的手。

我们往回走的时候，周围已经很暗了，弗朗兹不得不走在前头，让我紧紧跟在后面。我集中注意力，跟随他的脚步，穿过狭窄且陡峭的台阶,我听见海浪在我们身后咕哝,喷着粗气,就像野兽因自己的猎物逃走而感到失望。

"这里要小心。"弗朗兹说,尽管如此,我还是绊倒在那块他刚刚踩过的松动的大岩石上。我听见它滚落山崖的声音,但什么都没说。一位验光师曾告诉我,关于人体最可预见的数据是,当年近六十的时候,我们的眼睛对光线的敏感度大约会下降百分之二十五。所以我的视力现在更糟了。但也有可能,我的视线变得宽广了。至少,我能更好地理解自己的故事了。我们继续走,绕过某个点之后,我看见海滩上房子里透出的灯光。

弗朗兹借助自己的脚和岩面稍稍接近第一个膨胀钉,同时拉来足够的绳子挂上去,在末端打了一个结,就这样,他把我从"雄鹰的胆量"上放了下来。我挣扎着摇晃一阵,在最后一丝天光彻底消散前,终于踩在了岩面突出的部分上。

我们回到停在转盘处的车上,弗朗兹给海伦娜打电话。

"我们都很好,亲爱的,攀岩花的时间比我们预计的长一点,"他说,停顿了一下,脸上露出微笑,"告诉他,爸爸马上就回来,还会给他读故事。告诉他,我很爱你们俩。"

我看向大海。有时候,生活看起来充满不可能的选择,但也许这是因为我们并不把轻松的选项当作选择的一部分。占据我们的思考的是两难的困境,是没有标记的十字路口。在牛津的时候,我们讨论过罗伯特·弗罗斯特的名诗《未选择的路》。当时我带着那种年轻的傲慢坚持说,这首诗颂扬个人主义,建议年轻人选择那条"人迹罕至的路",诗人在最后两行里说的"从此决定我一生的道路"。但我们六十岁的教授笑着说,正是这种天真,这种带着乐观的误读,把这首诗降到了哈利勒·纪伯伦和保罗·科埃略的水准,使其得到大众的喜爱。最后一节中蕴藏着诗人的脆弱，它内含矛盾，可以解读为一种失败的总结，无法概括这首诗余下部分的真正含义；你必须做出选择。你对这条路一无所知，甚至不知道哪一条"人迹罕至"，因为根据诗里提到的，两条路在诗人眼中一模一样。而且你并不知道你没选择的那条路通向何方。因为——正如诗人所说——你走的那条路会通向新的路，你再也不会回到原来的岔路口。这就是诗意所在，教授说。这种忧愁。这首诗不是在说你选的路，而是在说你没选的那条。

"标题已经说得很清楚了，"教授说，"但这个世界和作为个人的我们，总按着自己的需要解读一切。胜利者书写战争的历史，把自己描述为正义的一方。神学家解读《圣经》的方式是让教会可以得到尽可能多的权力。而我们用这首诗告诉自己，不必感到挫败，尽管我们从未按照父母的期望生活，也从未追随他们的脚步。战争真正的进程、《圣经》真实的文本和诗人真切的意图都是次要的。我是对的，还是说，我是对的呢？"

弗朗兹把手机放回前排座椅中间的手枕上。但他没有发动引擎。相反，和我一样，他坐在那里看着大海。

"我依旧不能理解，"他说，"我是说，你是个警察。"

"不，"我说，"我不是警察，简单来说，我从来就不是警察。我只是做着这份工作。你得理解，在我的那个故事里，我就是你，弗朗兹。朱利安背叛你的方式和特雷弗一样。而嫉妒病让我们俩都成为杀人犯。在希腊，如果你被判终身监禁，这意味着你在十六年后可以得到假释。而我已经服刑了超过两倍的时间。我不希望这样的事情发生在你身上。"

"你甚至都不会知道我是否感到后悔，"弗朗兹说，"也许我根本不需要坦白就能找到平静。而你本可以找个神父忏悔的。"

"我来还有另一个理由。"我说。

"什么理由？"

"你是我那条未选择的路，我想看看那是什么样的。"

"什么意思？"

"你选择了她，你选了那个人——不管她是否无辜，她都是你杀害自己兄弟的原因。人怎么可能在这种情况下继续活下去？这就是我想了解的事情。在坟墓的阴影下，和那个为之杀过人的人一起生活，你还能得到幸福吗？我自始至终都认为我自己做不到。"

"你现在看到了另一条路，知道幸福是可能的，你想怎么做？"

"那就是另一个故事了，弗朗兹。"

"未来我有机会听到这个故事吗？"

"也许吧。"

两天后，弗朗兹开车送我去机场。这两天里，我和他没有说太多话，就好像我们已被清空。大多数时候，我都在和海伦娜和费迪南德聊天，走之前的一夜，费迪南德坚持要我给他讲睡前故事。当弗朗兹站在门口，带着满足的微笑看向我们的时候，我没有觉察出一丝嫉妒的痕迹。可能他被费迪南德对我颐指气使的样子逗乐了。费迪南德亲吻他父母道晚安后，我坐在床边，给他讲了伊卡洛斯和他父亲的故事。但就像我父亲一样，我也改编了故事，讲出了我自己的版本。这一次，他们有幸福的结局，两个人都成功逃出了克里特岛上的监狱。

当我们在航站楼前停好车时，正好降下倾盆大雨，我们俩坐在车里，等着雨停。帕莱霍拉笼罩在灰色的云雾中。弗朗兹穿着法兰绒衬衫，是五年前在警局我第一次见他时的那件。也许是衬衫提醒了我，现在我看得出他也已经变老。他坐着，两只手放在方向盘上，看着前挡风玻璃，似乎是正鼓起勇气想说点什么。我希望不是什么太过沉重或黑暗的话。当他终于开口时，他甚至没有看向我。

"费迪南德今早问我，你的小孩和他们的妈妈在哪里，"弗朗兹说，"当我说你没有小孩，也没有妻子时，他跟我说要把这个给你。"弗朗兹从他夹克的口袋里掏出一个破旧的泰迪熊玩偶递给我。

他和我眼神交汇。我们都笑起来。

"还有这个。"他补了一句。

一张很明显是用相片纸打印出来的相片。里头是我抓着费迪南德旋转，就像我看见弗朗兹做过的那样。

"谢谢。"我说。

"我想你会成为一位很棒的祖父。"

我看着照片。这是海伦娜拍的。"你会告诉她真相吗？真正发生的事情。"

"海伦娜？"弗朗兹摇着头，"一开始我可能会这么做，当然我也应该这么做。但现在我已经没有权利去破坏那个她相信的故事了。因为，她的生活，她的家庭，都建立在这个基础之上。"

我点头，重复道："这个故事。"

"但……"他开了口，接着沉默。

"但？"

他叹了口气："有时候我觉得她早就知道。"

"真的吗？"

"她有次说过这样的话。她说她爱我，我说我也爱她，接着她问我是不是爱她到这样一种程度：为了得到她，不惜杀死一个我爱着，只比爱她少一点点的人。她说这些似乎话里有话。在我想出回答前，她就吻了我，然后开始说起别的事情。"

"谁知道呢？"我说，"谁需要知道这个呢？"

雨停了。

当我登上飞机时，云雾已散去。

我把泰迪熊放在床头的架子上，从那里拿起一封打开的信，然后躺上我雅典公寓的床。邮戳上的日期是两个月前，地址是巴黎。我拿出信，再读一遍。这么多年过去了，她的字并没有变。

那天晚上，我花了很长时间才睡着。

## 三个月后

"谢谢你为我带来了美好的一天，"维多利亚·哈塞尔举起她的红酒杯，"谁能想到在雅典也能有这么好的攀岩体验呢？而且你的耐力还是这么强。"

她眨眨眼，好像是想要确保我能听懂这句话的弦外之音。

从卡利姆诺斯岛回来的几天后，维多利亚就开始联络我。随后我们至少一周通信一次。也许是距离太远，加上我们没有共同的朋友，也不那么了解彼此，我能很轻松地向她倾诉。谈论的不是谋杀，而是爱情。在我的世界里，爱情指的是莫妮克。而她的情感生活更丰富多变些，当她给我写信说要去撒丁岛见她的新欢——一位法国攀岩者，并打算经雅典前往时，我不确定这是不是个好主意。我写信告诉她，我更喜欢远距离的交流，就像是跟一位看不见我的脸的神父告解。

"我可以头上一直套着纸袋子，"她在回信里写道，"但除此以外，我什么也不会穿。"

当我清理完桌面，带着所有的碗碟走回厨房操作台时，维多利亚问道:"你兄弟的公寓也这么豪华吗?"

"更大,也更时髦。"

"你会嫉妒他吗?"

"不,我很……"

"幸福?"

"我想说的是,满足。"

"我也是,满足得几乎让我觉得明天要去撒丁岛是个遗憾。"

"那边有人在等你,而且我听说撒丁岛的攀岩也很迷人。"

"你真的不嫉妒吗?"

"嫉妒你去攀岩,还是嫉妒你男朋友?后者的话,应该是你男朋友嫉妒我才对。"

"在卡利姆诺斯岛的时候,我是单身呢。"

"你告诉过我。我很幸运,能够把你借走一阵。"

我们拿着酒杯,走到露台上。

"关于莫妮克,你有想过做什么决定吗?"她问我。我们正俯瞰着科洛纳基区,路边餐馆传来食客的声音,就像单调却快乐的音乐。

我之前告诉过维多利亚,从卡利姆诺斯岛回来后,我收到了莫妮克的信。她说她已寡居,搬去了巴黎。而且她还在信中说,她经常想到我,希望我能过去看看她。

"是的,"我说,"我打算过去。"

"那太好了。"她举起杯子,说道。

"嗯,我倒不是很确定。"我说着,把酒杯放在小桌板上。

"为什么不确定?"

"因为可能已经太迟了。相比那时候,我们都已经变了。"

"如果你这么悲观,为什么又要去呢?"

"因为我需要知道。"

"知道什么？"

"那条我们没有走上的路通往何方。在坟墓的阴影下，我们有没有可能得到幸福。"

"我不知道你在说些什么。但这是有可能的吗？"

我想了一会儿。"让我给你看点东西。"我说。

回来时，我带着泰迪熊以及自己和费迪南德的照片。

"他很可爱，"她说，"这男孩是谁？"

"他是……"我深吸一口气，确信自己没有说错，"朱利安·施密德的孩子。"

"当然。"她说。

"啊，你看出他们长得像了？"

"不，但我认得这顶帽子。"

她指向费迪南德蓝白相间的帽子。"这是汉堡队的颜色，前头那个方形图案是汉堡队的标志，那是我和朱利安都支持的俱乐部。"

我点点头。一个念头掠过我的脑海，但我不愿意这么去想，然后这个念头就此消失。我转而想到：弗朗兹可能已经把他的铃声从齐柏林飞艇换成了某种更轻松的音乐，这样就不会显露出他真实的自我。同样，他也放弃了圣保利的彩虹帽，穿上他兄弟的衣服，转变喜好，向他身边每个人撒谎，整日如此，日日如此。我做不到这一点。这并不是说我在道德上有所顾虑。我只是没有这样的天赋和耐心去做这样的事。如果我去了巴黎，我可能会把我那天在峰区做的事情全部告诉莫妮克。

我走路送维多利亚回她的酒店。她在明天破晓时分就会离开。接着我往家的方向走。雅典有种英国人所说的"后天养成的品位"。

我知道自己这会儿没法睡着,便绕了远路,穿过不如科洛纳基精致的街区。

也许莫妮克一直都在怀疑我。当座椅加热打开的时候,伊丽莎白雅顿的味道会变得非常浓。也许她当时说我大腿上有污渍那句话,就是她在用自己的方式提醒我。提醒我她知道,而且她也知道,因为她的背叛,某种程度上她也不无辜,所以我们必须在那里分道扬镳。

但到现在,过去这么久,我们可能终于找到了一条路,带我们回到那个分开的岔路口。现在——如果我们想,如果我们敢——我们可以走上另一条路。我,一个谋杀犯。但我已经服过刑了,不是吗?我已经能够为弗朗兹和他的幸福感到开心。也许我也能为自己的幸福同样感到开心?

走到一个街角时,我想不起自己刚才是否已经走过。街对面,有条步履轻盈的流浪狗。它走着,没有东张西望,像在紧紧追寻某种气息。

队伍

我恨那些插队的人。

一定是因为我这三十九年的生命里，花费了太多时间在排队上。

所以，在我的7-11便利店里，我冷冷地盯着那个插队的男孩。只有两个人在排队，而且那位年迈的女士正忙着找她的钱包，那个男孩仍然推开她，挤到前面来。他穿着一件有内胆的高档夹克，我认出来那是盟可睐[①]牌的。因为我之前也看上过一件，但意识到自己永远买不起。冬天来临之前，我在救世军商店买的那件大衣也挺不错。但我似乎永远无法摆脱之前拥有它的那位女士的气味。她也排在我前面。

人们并不经常溜进队伍里，除非天很黑，他们又喝得足够醉。这个国家里大多数人都十分礼貌。上一次有人这么明目张胆地插队还是两个月之前。那是个穿着时尚的女人，在我指责她插队时，她不仅矢口否认，还威胁说要找我老板，让他开除我。

那个男孩看见我在盯着他。我看到了一丝微笑。他没有羞耻感，也没戴口罩出门。

"我只是想要一罐将军牌鼻烟。"他说，好像他说了"只是"就能让插队显得正当一样。

"你得按队伍次序来。"我戴着口罩，说道。

"我就排在后面一位，结账只需要五秒。"他指出。

---

① 盟可睐（Moncler），一九五二年创立于法国的高端户外品牌。

"你得按队伍次序来。"我再次说道。

"如果你能把鼻烟给我,现在我已经买完走人了。"

"你得按队伍次序来。"

"你得按队伍次序来,"他夸张地模仿着我的口音,"得了吧,贱人。"他的微笑绽开,就好像刚刚我说的是个笑话。也许他认为他可以这么对我说话,因为我是个女人,干着低收入的工作,还是个没有他们惨白肤色的移民。也许他以为自己借用了我说的语言。也许他在讽刺我,在拙劣地扮演一个坏男孩。我仔细看了看他,排除了最后一种可能。这对他来说太复杂了。

"到一边去。"我说。

"得了吧,我还要赶车。"

"也许你可以问问排在你前面的人,是否同意你这么做?"

"我的车……"

伴着两层楼梯之下地铁隆隆的运行声,我说:"列车全天都在运行。"我刚开始在这里工作时,我妹妹问我会不会担心恐怖袭击和沙林毒气。在我们逃出那场内战前,每个人都害怕沙林。我们担心游击队会释放这种毒气。听说在二十世纪九十年代,东京地铁就曾被日本的邪教用这种气体袭击。我妹妹那会儿才九岁,每晚都会做关于毒气和地铁站的噩梦。

"我要搭的线每十五分钟才有一班车,"他嘶哑着嗓子反对,"而且我还要去开会,好吗?"

"那你就更有必要友善地问问她。"我说,向着后头终于找到信用卡的女士点点头。她要买的三件物品就摆在我面前的柜台上。那个男孩——我猜他年纪有二十五六,是健身房的常客,而且主要做重量训练和激烈的运动——失去了耐心。尽管,显然,他一直在被耐心对待。

"现在就给我结,你个黑鬼!"

我的心跳因他试图冒犯我而加速,但并不太多。我不知道他是个种族主义者,还是只是想要用自己能想到的最能挑衅和伤害我的方式来对付我,就像如果我矮小,他可能会叫我"侏儒",如果我肥胖,他可能会叫我"蠢猪"。我不在乎他有哪种偏见;我心跳加速是因为我害怕。因为这个长得过于高大的孩子仅仅在我商店里待了几秒钟就开始插队,这暗示了他可能有自我控制方面的问题。从他的瞳孔、他的肢体语言中,我看不出任何嗑嗨了的迹象,就像经常能从士兵身上看到的那样,尽管那可能是因为合成类固醇。我前夫说过,因为我的专业是化学,我总是想以化学的方式解释这个世界。就像谚语里说的,拿着锤子的人,看什么都觉得是钉子。

所以,是的,我被吓到了,但我曾被更厉害地吓唬过。我也很愤怒,但我也曾比现在更加愤怒。

"不行。"我平静地说。

"你确定吗?"

他从自己温暖的盟可睐夹克中掏出了一件东西。

一把红色的瑞士军刀,已翻出最大的一片刃。不,是指甲锉。他举起手,伸出中指,开始修指甲,并对着我的方向大笑着。他的一颗门牙上有一块很大的黑色污渍。可能是源自甲基苯丙胺[①],它含有液氨和红磷,会侵蚀牙釉质。但当然,也可能只是他的口腔卫生状况不佳。

他转向那位在他后头的女士。"你好,小姐——我先买点东西,

---

① 一种毒品。

你没意见吧?"

那位女士张大嘴巴,盯着他手上的那片刃,好像想说点什么,但嘴里没发出任何声音。她迅速点了点头,快得像只啄木鸟,并且发出了类似呼吸困难时会发出的声音。口罩上方,她的眼镜开始起雾。

那个男孩转过身来,说:"你看,这不就成了吗?"

我深吸一口气。也许我低估了他。也许他的街头智慧足够让他知道7-11的监控只会录下画面,不会录下声音。如果上法庭,我将不会有坚实的证据证明他说过"黑鬼"或是其他类似的可以被称为仇恨言论的话。除非那位年迈的女士的听力比我想象的要好。而且,没有法律禁止顾客修指甲。

我转过身,慢慢取下一罐鼻烟,仔细思考着现在的情况。

就像我说的,我从出生那天起,就排在队里,我记得我排过的所有的队。小时候,和妈妈一起领食物,排队。战事开始后,在联合国的卡车边,排队。在妹妹被确诊为结核病的医疗站,排队。在大学职工厕所,排队,因为化学系没有为女学生单独设置的卫生间。战争全面爆发时,和离开祖国的其他难民一起,排队。我和妹妹登船排队,为了这个位置,妈妈把我们拥有的一切都卖掉了。在难民营,为了领到食物,总是排队。在那里,被强奸的概率与被遣送回已是战区的家的概率差不多。被送去另一个国家,也要排队,我们要去另一个难民中心,那样也许有希望过上更好的生活。离开难民中心,还要排队,随后你才能找工作,为这个接收我们的国家,为我爱的新国家做出贡献。我爱这个国家爱得那么深,在我们的小公寓里,在我和妹妹的床头,挂着一张这个国家的国王和王后的照片。另外两张照片是妈妈和居里夫人,我的两位英雄。

我把鼻烟放在柜台上,男孩掏出信用卡,贴向刷卡机。

在等交易结果返回时,我打开我这边的柜台抽屉。里面是一盒新口罩。我拧开盒子边的小瓶子,取出一个口罩,往里面滴了一滴液体。在做这些事情时,我想到的是我的妹妹。她昨天把皇室家庭的照片取了下来。她说他们也插队。有一家报纸写道,国王和王后接种了全国都在排队等的疫苗。政府秘密地给国王和王后在救生船上提供了一等座。根据适用于其他所有人的规则,明明还没轮到他们。

照片里的两个人接受了这种优待。这两个人唯一的责任就是作为象征,在战争和危急时刻团结整个国家。他们本来有机会展示他们能很好地负起这种责任,响应政府的号召,团结一致,遵守规则,在队伍中耐心等待,为人们做出示范。而皇室家庭,已拥有太多特权的皇室家庭,并没有这么做。相反,他们趁机插队。我问妹妹,如果有机会,她是不是也会这么做。她说她会,但她不是这艘船的船长。我说也许皇室家庭是为了做出良好示范,告诉人们接种疫苗是安全的。妹妹说我天真,她说那个阿尔及利亚船长在满载难民的船沉没而自己第一个登上救生艇时,也是这么说的。

刷卡机确认了这笔交易。

我拿出抽屉里的口罩,递给他。

他不解地看着我,吸了口鼻烟,随后把它揣进了兜里。

"你上地铁要用,"我说,"现在有强制戴口罩的法令。"

"我没时间——"

"这是免费的。"

带着嘲弄的笑容,男孩抓起口罩跑远了。

"现在轮到我们来结账了。"我微笑着,对那位年迈的女士说。

当我回到一居室公寓时,已经快晚上十一点了。房间冷得像冰柜,因为我只会在晚上电费便宜且我和妹妹都在家时打开加热器。

我累坏了,没有开灯,只打开了电视机。我调小了音量。我没看见妹妹,但她坐在黑暗中,说话声充满了整间房。她说我工作的地方很危险。两个月前,有个女人死在了地铁上,在她的血液里他们发现了在杀虫剂里使用的有机磷化合物,和沙林毒气很相似。现在,有个男孩也这样死去了。我妹妹指向电视机屏幕,里头新闻主播正严肃地看着镜头。

我听着她想到哪儿是哪儿的话,给自己做了点东西吃,也就是,把昨天的剩饭热了热。我没给她做吃的。我妹妹从十岁起就没吃过东西,她在排队等着治自己的结核病时死了。去年,死于结核病的人,和死于这个新传染病的人一样多。当然,新闻是不会报道结核病的,因为在发达国家,这根本不是问题。

"可怜的家伙。"妹妹抽泣着说,看向电视里放出的男孩照片。照片是某个夏天拍的,他和几个朋友坐在帆船上。他笑得很开心,我注意到,那时候他的门牙上还没有黑色的污渍。

"看看他,"她抽着鼻子说,"这么年轻就死了,人生还有什么意义呢。"

"是呀,"我说着,解开了外套的顶扣,"哪怕是死,他也插了队。"

垃圾

总有人要去做清洁工作。

除了我在城里捡垃圾的事实，我想不到有任何别的原因能让这句话在清晨出现在我的脑海中。我有种感觉，昨夜我身上发生了什么事；但我喝太多有时会断片，而昨夜就发生了这样的情况。

垃圾车嘎吱作响地停下，我从车后的梯子上跳下来。在走向公寓区外头的垃圾桶时，我在后视镜中看见了皮尤斯的一只眼睛。之前我总是跑着过去。那时候，如果我们在规定的早上六点到下午一点半之间提前完成任务并早一两小时回家，总公司的老板们也不会太介意。或者，如果我们四天就巡完了一周的路线，那周五就可以休息了。但那都是之前的事。现在我们必须得根据奥斯陆市政委员会的规定工作时间去工作，所以如果工作结束得早，也只能在办公室里喝咖啡或者玩手机，不能直接回家和妻子亲热或者去除草，你懂我在说什么吧。

所以我没有跑起来，甚至都不愿意把腿抬得太高。我走着去。在夏日的黎明，我慢慢走向带轮的绿色垃圾桶。轻巧的双轮设计。我把它拖向卡车，挂在翻斗上，看着这个塑料桶，在重复的液压和电力的赞美诗中，升至半空，接着是扑通一声，整个被翻过来，里头的垃圾撞向铁板，压缩机开始工作。随后，我把垃圾桶推回到原来的地方，并小心不让它挡住车库门，之前有住户投诉过这类问题。妈的，我才不在意这些，但最近投诉有点多。解雇我们这样的垃圾处理员可不太容易，但有不少人说过我在管理自己的脾气方面有些问题。是的，我有情绪管理问题。所以我担心，如果老板又来员工食堂，当着其他男人（好吧，在一百五十个雇员里还是有一个女孩的）的面把我大骂一顿，我可能还是会打到他眼冒金星。当然，这样我的工作也就没了。

我坐上皮尤斯旁边的副驾驶座，在加热器前揉搓双手。尽管现在是七月，又是暑假，早晨六点的奥斯陆仍然很冷，冷到如果我不把自己弄暖和一点，我是不会回到梯子那边的。而且不管怎么说，皮尤斯是个你能聊上几句的人，其他卡车上的人则未必。很多时候，车上都是爱沙尼亚语、拉脱维亚语、罗马尼亚语、塞尔维亚语或匈牙利语，偶尔能听见几句英语，但皮尤斯会说挪威语。他声称自己在搬来挪威前是个心理医生，但我们之前就听人这么说过。不过无论他之前是做什么的，事实就是他比其他人都聪明（皮尤斯的说法是"以更高的水准运用智力"），而且他词汇量大得和字典一样。一本挪威语字典，大概这就是老板让我和他在同一辆卡车上工作的原因。其实在垃圾车上也没有多少沟通的需求，大家都知道工作内容，但老板觉得如果车上两个人说的是同一种语言，吵架和误会可能会少一些。同时，他可能也认为皮尤斯有能力让我别惹那么多麻烦。

"你前额的伤口是怎么来的？"皮尤斯用他生硬但无可指摘的挪威语问道。

我看了看镜子中的自己，在一条眉毛上，一道伤口犹如冰上裂缝。

"不知道。"我实话实说。像我之前说的，我有时会断片，所以，昨晚发生的事情我一概记不得，只记得醒来时我老婆正背对着我睡觉。我忘了设置闹钟，一觉睡到自然醒，醒得比平时晚一些，然后意识到自己还醉着，没法开我那辆卡罗拉去上班。于是随便套了件衣服就赶紧出门赶第一班公交车。所以很显然，我都没来得及在卫生间镜子前看看自己的丑脸。

"伊瓦尔，你又打架了吗？"

"没有，我昨晚在家陪老婆。"我说，用手指摸了摸伤口。潮湿，新鲜。我确实记得我和老婆喝了几杯，不，事实上，莉萨早就决定戒酒了。所以只有我喝了好几杯。很显然，我之后又喝了好几杯。

皮尤斯停好车，我们俩一起跳下车。这个地方有两个大的四轮垃圾桶需要拖，需要两个人一起去。其他情况下，司机就是老大，可以坐在车上休息。皮尤斯的重型卡车驾照让他比车上另一位的工资足足高三级。但皮尤斯还记得，当他从自己那个狗屎一样的小国家来到这里的时候，我才是那个开车的人，而他坐在另一边配合。现在我的驾照被吊销了，那又是个很长、很无聊的故事，关于豪饮和带着酒精探测器的大嗓门交警。后来，那个交警带着一边青黑色的眼圈上了法庭，声称他完全是无缘无故就被打了。

我抽出一大串钥匙，找到正确的那把。很明显，开全奥斯陆的车库需要大约七千把钥匙。我希望人们好好对待钥匙。

"所以你是和自己的老婆打架了？"皮尤斯问。

"嗯？"

"你们俩为什么打架？你出轨了？发现老公出轨的女人可能和在同种处境下的男人一样有攻击性。尤其是家里已经有了孩子。在这种情况下，她们会像对待入侵者一样对你。催产素的作用。女人怀孕后，身体的这种激素会让她们更忠诚，更富有同情心也更友善。但同时，在面对潜在的威胁时，她们也变得更有敌意。"

"错，错，大错特错，"我说，开始把地上的一个垃圾桶向门那边推过去，"我们没有小孩，我也没和别人上床，而且女人也会出轨。"

"啊哈，所以她才是出轨的那个。"

"你到底在说什么？"快到门口时，我放开了自己推着的垃圾桶。皮尤斯不得不停下，以免撞到我。

他耸耸肩。"这就是你打架的原因。你感觉自己的地位受到了威胁。这激活了你的杏仁核。战斗，逃跑或者僵在原地。她个头小，所以你选择战斗。再自然不过。"

我可以感受到血液流动让我头脑发胀。这种感觉实在是太熟悉了。随着压力上升，为防止脑袋炸开，我需要打开一个阀门，找点出路，否则我的脑袋就会爆开，脑浆将在空气中喷溅，喷在地上、墙上、单车上、婴儿车上、信箱上，以及那个试图愚弄别人，让他们相信他是个天杀的心理学家的家伙身上。

通常，解决的办法之一是张开我的嘴，以这种方式平衡压力，就和坐飞机时一样。我只是需要吼叫，吼点什么。

"我的杏仁……"我开始喊。我感到平静。我很平静。很好，我稍稍提高自己的声音。

"杏仁核，"皮尤斯说，微笑着，露出一点点牙齿，让人恼怒，"把它想成一个女人的名字，杏——"

这对我很有帮助。

"别这样跟我说话，你这个该死的纳粹杂种！"我使出最大的力气推垃圾桶，这个狗娘养的拉脱维亚人，像三明治的馅一样，被夹在两桶之间。我正准备狠狠给他一脚，一个声音划破了清晨的空气。

"我们还在睡觉呢！"

我向上看，一个女人站在二楼的阳台上。她大概四十出头，但因自我放纵，看上去更像五十岁。我这样说是因为她是全裸出来的。

"闭上你的嘴，穿点衣服吧，你这个肮脏的老荡妇，"我喊道，

"成吗？"

那个女人大笑起来，笑声尖厉，她举起双手，抬起一条腿，转动臀部，摆出超模的姿势，但实在丑得可怕。"我会打电话给你老板，"她尖叫道，"明天这个时候，绅士们，你们都得去领救济金！"

透过我愤怒充血的世界，我看见了这一切会怎么发生——老板终于说出他渴盼已久的信息："斯文森，你被炒了！"

这时，垃圾桶抵住了我的肚子。皮尤斯在另一头推着箱子，向大门那边点点头，示意我们出去。

"你认为她会这么做吗？"伴随着轮子压上沥青路的嘎吱声，我问道。

"会的。"皮尤斯说。

"真他妈的麻烦。"我说。

"哦，是吗？"

"那辆卡罗拉等着做车检，我还答应老婆圣诞节去加那利群岛度假。你有什么安排？"

皮尤斯又耸耸肩。"我的钱都寄给父母了。他们能勉强度日，但没有我寄去的钱，他们就付不起电费，吃不饱饭。"

我帮他把垃圾桶挂上液压装置。"我不该抱怨，你是这个意思吗？"

"不是，我只是在说我们都有自己的麻烦，伊瓦尔。"

也许我们确实都这样。我的毛病是，一旦生气就再也没法把事情分开了。我应该找个光学检测仪来帮我做这件事，就像克莱门特斯鲁德的垃圾站配的那个一样。我们刚把垃圾卸在这种地方的无人工厂，所有的垃圾就在传送带上轻快地移动走了，机器分拣出大小不同的垃圾，把有机的部分送进焚化炉，玻璃、塑料和金属则送去回收。如果我也能学着这样分类,让有些事情过去就好了。

我冷静下来,在清空垃圾桶的时候再次尝试回忆。昨晚究竟发生了什么?我只知道肯定发生过不少事情,因为我醒来时,除了有宿醉感,还感觉自己像刚刚跑完两次马拉松一样。我动手打了莉萨?我——在整整三十年的婚姻中从没有跟她动过手——是不是对她做了什么坏事?我们醒来时,她躺在床的另一边,背对着我。这确实有点奇怪,因为她经常平躺着睡觉。但我打了她,用拳头打她?我看不出有这样的迹象。但我确实想起了些事情,我想起来我们好像吵了一架。就好像前一夜那些激烈又难听的词语的回声才刚刚抵达我这里。就在几分钟前,我才用过这些词。荡妇。我这些年用不同的词骂过莉萨,但从没用过"荡妇"。

我们把垃圾桶推回院子中。阳台上的女人已经不在了。

"她肯定在屋里给我们的老板打电话。"我说。

"老板没起床,"皮尤斯说,"现在还没起。"他看着房子的正面,点点头,嘴唇上下移动,好像在数着什么。"来吧,伊瓦尔。"

我跟着皮尤斯出了院子,到了这栋房子的入口处,他站定,研究起住户的名字来。

"第二层,右边起第二户。"他嘟哝着,按下门铃。他一边等待,一边看向我,微微笑了一下。这一次他的笑容没那么惹人厌了。

一个声音在扬声器里响起。"喂?"声音听上去还是那么刺耳。

"早上好,弗鲁·马尔维克。"皮尤斯说,听上去在模仿谁。一个挪威语说得比他好的人。"我是伊韦尔森,来自奥斯陆警局。我们刚刚接到奥斯陆城市卫生服务部门的电话。他们报告说,这里的二楼刚刚发生一起有伤风化的暴露事件。因为我们在这个区域巡逻,所以过来看看。我们注意到二楼住着不少人,但我先问问你:弗鲁·马尔维克，你知道这件事吗？"

那头沉默了很久。

"弗鲁·马尔维克？"

"不，我对此一无所知。"

"你确定？那好，这样的话，我不会再打扰你。"

女人挂断入户电话，发出刮擦的声响，皮尤斯看着我。我们急忙跑向卡车，这样那个女人就来不及看向街这边的窗外，发现是我们俩干的。车发动后，我们才大笑起来。我笑得眼泪都出来了。

"伊瓦尔，你怎么了？"皮尤斯问道，他早就不笑了。

"只是宿醉而已，"我说着，用衣袖擦起鼻子来，"这个女人不会打电话给我们老板了。"

"不会了。"皮尤斯说。他把车停在我们经常买咖啡和抽烟休息的7-11外头。

我买了大杯的咖啡，把其中一半倒进我另外拿的一个纸杯中，递给皮尤斯。我说："有个问题，如果你可以模仿一个挪威语说得比你更好的人，为什么不一直这么说呢？"

皮尤斯吹了吹咖啡，但在喝第一大口的时候拉下了脸。

"因为我只是在模仿。"

"嗯，我们都是这样，"我说，"我们就是这样学会说话的。"

"这倒不假，"皮尤斯说，"所以我也不知道为什么。可能是因为这样模仿听上去很假。不真实，就像在骗人。我是个学过挪威语的拉脱维亚人，我也想让自己听上去是这么一个人，而不是做个假挪威人。如果我说得太地道，你可能会以为我是挪威人，接着若我犯一些让人失望的语法或语音错误，那么，人们就会有意识或无意识地觉得他们被骗了，也不会再信任我了。明白吗？我最好的选择就是放轻松，说现在这种自创的新挪威语。"

我点点头。他们在工作时就是这么称呼他们说的语言的。这和生活在乡下的真挪威人说的新挪威语并不混淆，而是一种统称，涵盖了土耳其式挪威语、英式挪威语、俄式挪威语，以及其他移民说的奇怪的叽里咕噜语。

"说真的，你为什么来挪威？"我问道。

我们搭档工作快一年时间，这是我第一次这么问。嗯，当然，我之前也问过，但不同的是，我这次加了"说真的"。我不想得到那种标准答案，比如，这里能挣到更多的钱，他来的地方找个工作都不容易。这可能部分是真的，但未必是全部事实。这是我第一次真正对他感兴趣，开口发问。

他没有立刻回答我。"我和自己的病人有染。"他深吸一口气，似乎想要确定我不会太过惊慌，接着说，"女病人。她们向自己的心理医生敞开自我。她们很脆弱，而我利用了这一点。"

"这不好。"我说。

"是不好，"他说，"她们中的一些人感到孤独、不快乐。我也一样。我妻子刚因癌症去世。我没能抵挡住这些女人发来的邀请。我们需要彼此。"

"那问题出在哪里呢？"

"首先，心理医生不能和自己的病人有恋爱关系，不管他的婚姻情况如何。其次，有些女病人已经结婚了。"

"噢，我明白了……"我慢慢说道。

他瞟了我一眼。"有些人和别人说了这件事，"他说，"事情败露，我也被解雇了。我本可以再找份工作，比如在里加的大学里谋一份教职。但其中几个病人的丈夫认为对我的报复还不够，他们雇了几个西伯利亚杀手，想让我的余生都在轮椅上度过。有个女病人把这个计划告诉了我，我别无选择，只能逃出国。拉脱维亚是个小国家。"

"所以你是那种人，顾头不顾尾，然后把坏事都怪在故事本身就是悲剧上。"

"是的，"皮尤斯说，"我是坏人中的坏人，那种会为自己的下流行径找借口的人。如果这样看，你会发现你比我好多了，伊瓦尔。"

"哦？"

"你的自责远比我的诚实。"

我一头雾水，只是专心喝咖啡。

"所以你妻子的出轨对象是谁？"他问道。我火气上来了，把咖啡洒到了仪表盘上。脑袋里的压力又回来了。"放松点，"他说，"用用你的前额叶。它会告诉你我是来帮忙的。把一切都说出来，这是你可以做的最好的事。记住，我发过誓，会保密。"

"保密！"我说，咖啡杯在我手中颤抖起来。

"所有的心理医生都必须这么做。"

"我知道，但你现在不是我的心理医生。"

"嗯，是呀，确实不是。"皮尤斯把一直搁在我们座椅之间的那卷纸递给我，说道。

我擦掉手上、下巴和仪表盘上的咖啡，把吸饱了咖啡的纸揉成球，咬牙切齿地说道："她的上司。一个恶心的混蛋。还很丑。垃圾，整个人都是垃圾。"

"所以你认识他？"

"不认识。"我刚说了什么？莉萨和她上司在邮件分拣室胡搞？她真这么做过？我们昨晚到底在吵什么？

"你从没见过他?"皮尤斯问道。

"没,事实上见过,或者……"我想起来了。莉萨总是说起卢德维格森,次数之多让我有一种见过他的错觉。她的新上司总夸奖她做过的事情,之前的上司从没这样过。莉萨也变得自信起来。她总是很容易被别人的吹捧影响,她渴望被人称赞,你必须把这种渴望控制在一定范围内,否则,没有哪个丈夫或者上司能持续这样做。但卢德维格森倒是坚持了很久,那时候我可能已经想到,他这样做不只是为了鼓励员工。莉萨不仅变得比我记忆中的要惹人喜爱,还做了新发型,瘦了几公斤,晚上还和我从没听说过的朋友参加各式各样的文化活动。就好像她突然过上了新的生活,但我被排除在外。这大概就是我查她手机的原因。我发现了一条卢德维格森发来的信息。或者说是斯特凡,至少,莉萨在通讯录里是这么存他名字的。

所以我坐在那里,把这一切都说给皮尤斯听。

"信息里怎么说?"皮尤斯问道。

"我必须再次见到你。"

"他强调了'必须'?"

"是的,他大写了这个词。"

"其他信息呢?"

"没有其他信息。"

"没有?"

"她可能删掉了。我找到的这条是一天前发来的。"

"她怎么回复的?"

"没回复。也可能她把回复也删了。"

"如果她担心有人看见她的回复,她应该会把上条信息也删掉。"

"也许她没时间回复。"

"一整天都不回?或许她不觉得内疚,也许这才是她留着那条信息的原因。也许卢德维格森对她有意,但她没有,所以也没回他消息。"

"她就是这么说的,这个该死的——"我深吸一口气。荡妇。这类词语一旦出口就再也收不回来了。

"你害怕了。"皮尤斯说。

"害怕?"

"也许你该告诉我昨晚发生的事。"

"哼,你现在听起来更像是个条子,而不是什么心理医生。"

皮尤斯笑了起来,说:"那你别说。"

"哪怕我想说,我也什么都记不得了。我喝大了。"

"或许记忆只是被压下去了。试试吧。"

我看了看表。我们的工作进展仍然比计划提前了很多,而且就像我说的:我们再也没有理由赶在一点半之前完成工作了。

于是,我继续尝试。因为他确实说得对,我很害怕。是因为莉萨侧躺着吗?他妈的,要是我知道就好了,但我就是感觉事情有些不对劲。有些事情迫不及待想要浮出水面,就像是我脑子里升起的压力。我开始说起昨天的事,但很快停了下来。

"放轻松,从开头讲起,"皮尤斯说,"包括每一个小细节。记忆就像是缠纱线,一段与另一段紧紧相连。"

我按他说的做,他妈的,他说得对极了。

就像我之前说的,我们喝了几杯东西,莉萨突然说她周末要出去。我一听就爆发了,质问她那条短信是怎么回事。我本想就这样算了,看看会发生什么,但突然间我失去控制,开始大喊大叫,说我知道她和卢德维格森之间不清不楚。她否认,但她撒谎的本事实在太差了,简直可悲。我稍加压力,她就崩溃了,抽泣着承认说,在春季公司一起去赫尔辛基出差时,他们喝了很多酒,事情就那么发生了。她说这就是她想彻底戒酒的原因,这样一来,同样的事情就不会再发生。我问她,这难道不是MeToo[①]事件吗?卢德维格森——怎么说也是她的上司——才是唯一应该承担责任的人,而不是两人各承担一半罪责。莉萨说,是,也许他责任更大一些,因为据同事说,他整晚都在灌她酒。这时候我才真的暴怒起来。我的意思是,当你老板给你买酒时,你通常不会往杯子里吐口水,不是吗?喝酒多多少少是工作的一部分。

"那之后呢?"

"他邀请我去他的房子。"

"那是哪儿?"

"凯塞尔斯维埃恩路612号。"

"所以你去过那里!"

"没有!"

"那你怎么会记得地址?"

"当然是因为他告诉我的。"

"但能记住是612号,我是说,这很……嗯,可疑。"

她开始大笑,这时我骂了她一句"荡妇"。我抓起车钥匙,在做出更糟糕的事情之前狂奔出门。

"你是说比醉驾更糟的事情?"皮尤斯问道。

---

① MeToo(我也是)是二〇一七年十月哈维·韦恩斯坦性骚扰事件后在社交媒体上广泛传播的一个主题标签,用于谴责性侵犯与性骚扰行为。

"是的，比那更糟。"我说。

"请继续。"

"我开着车到处瞎转，是的，我有想过开回去，然后把她杀掉。"

"但你没有那么做？"

"这……"我伸手摸下巴，用拇指和食指揉着脸颊，我的声音低沉，不时颤抖，"我真的不记得了，皮尤斯。"

我不记得我是不是叫过皮尤斯的名字。我好几次想过他的名字，可能也叫过，但大声说出来过吗？不，我非常肯定我没有这么做过。

"但你感觉自己可能杀了她？"

腹部疼痛骤然袭来，那么剧烈，我本能地向前弓起身子。

我保持这个姿势好一会儿，接着我感觉到他把手放在我背上。

"打起精神来，伊瓦尔，一切都会没事的。"

"会吗？"我大口喘着气，一切都他妈的在失控。

"你今天来上班的时候，我就看出来一定出事了。但我不相信你会杀掉自己的妻子。"

"你他妈知道什么呢？"我从两腿之间吼道。

"你从妻子身边走开就是因为你不想鲁莽行事，"他说，"而且这还是在你确认了一些怀疑很久的事情后。你离开是为了给你的前额叶一些时间，好让它能够去处理一些你知道杏仁核没法正确应对的事情。伊瓦尔，这是非常成熟的举动。你的做法表明你已经开始懂得如何处理自己的怒火了。我想，也许你应该往家里打个电话，看看你妻子是不是还好，好吗？"

我抬起头，看着他说："你为什么关心我？"

"因为你也关心过我。"

"呃?"

"我刚开始工作,在你的卡车上当副手时,你帮了我。你用英语告诉我应该做些什么。尽管我看得出来你讨厌说英语。"

"我不讨厌说英语,我只是说得不好。"

皮尤斯笑起来,说道:"是呀,伊瓦尔。为了让我不那么笨拙,你愿意变得有那么一点点笨拙。"

"得了吧,我不过是想要我的搭档知道该做些什么,否则我得自己干一整天的活,你明白吗?"

"我明白,可能比你知道的更明白。当别人愿意帮助你的时候,你是能看出来的。你现在没注意到吗?还是你以为我帮助你,只是因为不想看着自己的搭档搞砸所有事情?"

我摇摇头。确实,我知道皮尤斯在帮我。他总是这么做。在今天之前,在面对那个阳台上的老荡妇之前,他也掩护过我。只是外国人过来不仅抢走了你的工作,最后还变成了你的上级,这件事太他妈的令人心烦了。人不应该过来,把他无权得到的东西拿走。而那是我曾经有权得到的东西。抢夺意味着战争。有人应该死掉。好吧,好吧,不应该这么想事情,就是这样的思维方式总让我惹上麻烦。我知道,我知道,但他妈的,随便吧。

"我只是睾酮太高。"我说。

"睾酮。"皮尤斯重复道。是的,他说的时候带着他那令人讨厌的笑容。

"它会让人攻击性很强。"我说。

"倒不尽然。"皮尤斯说。

"不管怎么说,比起性,我对攻击别人更感兴趣。也许莉萨去别的地方求爱也不是什么奇怪的事情。"

"错，错，大错特错。"皮尤斯说道。是呀，我能听出他在模仿我。"在动物身上进行的试验表明，睾酮能够诱发攻击行为。但那不过是因为被注射睾酮的动物在危机发生时只能以攻击来应对。这是因为动物的大脑并不一定能看到其他解决方案。有更多新的研究显示，实际上，睾酮的功能比诱发攻击更为广泛。它让你为危急情况做好准备。不管那意味着勃然大怒、大打出手，还是相反的情况。"

"相反的情况？"

"假设现在有一场外交上的危机，威胁着世界的和平。人们真正需要做的，不是攻击对手，而是迅速转换到自我否定，对你恨的那些人展现出同情和宽容。或者，假设你的工作是控制登月的火箭。电脑失灵了，你需要立刻在大脑中演算速度、接近的角度和剩下的距离。愤怒帮不上什么忙。但在这样的情况下，仍然是睾酮在帮助我们。"

"得了吧，这都是你编的。"我说。

皮尤斯耸耸肩，"你还记得在斯托罗发生的事情吗？"

"斯托罗？"

"那场冻雨。我们把车倒向墙边，准备去清空那里的垃圾桶。"

他看着我，我摇摇头。

"再想想，伊瓦尔。卡车本来停在坡上，后来开始往下滑。"

我再次摇头。

"伊瓦尔，我那时候背对着卡车站着，如果不是你急中生智，把最大的那个垃圾桶立起来，挡在墙和卡车间，我早就被车压死了。"

"噢，那件事呀。嗯，你没有真的被压死。"

"我想说的是，你有能力在一瞬间做出及时且理性的反应。当肾上腺素和睾酮上涌时，你也不是次次都会失去理智。别担心，你比你自己想象的更聪明。所以给她打电话吧。用你的睾酮去表现同理心。

以及你的深思熟虑。"

嗯，我肯定会倒大霉。所以我真的拨了电话。

没有接通。

"她可能睡着了。"皮尤斯说。

我看了看表，八点。当然，也有可能她在乘公交车去上班的路上。她在公交车上不会接电话。我发了条短信过去。在等待回复的时候，我的脚像鼓槌一样敲打着地面。太阳升起，透过前挡风玻璃射进车内。今天会很热，热得跟地狱差不多。这么想着，我脱下了夹克。

"我们得动身了。"皮尤斯说着，转动车钥匙。

我是在一个朋友家的派对上遇到莉萨的，那时我还在读培训学校。

派对上，我和一个从利扬来的家伙打了一架。他认为自己能在尊重这件事上给我上上课。我知道他是故意激怒我的，因为他听说我很容易生气。他这么做是觉得自己打架很厉害，可以在姑娘们面前显摆一下。但知道这些也没用，谁带着这样的挑衅前来，都只会在下巴上得到狠狠的一拳。短话短说，这人把我收拾得很惨。莉萨用卫生纸给我擦干鼻子上的血，扶我站起来，陪我回到在松恩的学生公寓。那晚，她留了下来。然后第二天和接下来的一周也是如此。简而言之，她再也没离开。

我们没时间去谈恋爱，没有体验过那种痛苦但同时又美好的不确定性，没猜测过对方是否真的爱你。游戏、疑虑、狂喜——我们都没体验过。我们是爱侣。余下无他。有些人说我配不上她，至少随着时间推移，他们会这样想。因为莉萨早些年非常安静，很胆小，没有后来丰满的身材，也没有后来其他人（包括我）注意到的克服了最糟糕的羞涩后的那种神采。

他们说她对我很好，让我不那么焦躁，不再那么反复无常。那个年轻的心理学家也是这么说的，他没胆量说我不稳定。确实，莉萨知道怎么让我冷静下来，只有当她不在我身边，或者我喝太多的时候，事情才会失控。我曾一两次因严重伤害他人身体而被判刑，但也就被监禁了短短几天。而且，就像我之前说的，我从没对莉萨动过手。从来没有理由去动手。在这之前没有。我不认为她怕我，这辈子她从没怕过我。也许她担心过别人，担心那些亲戚朋友会挨打，尤其是他们对我说错话的时候。我怀疑在医生说我们俩不可能有孩子时，她多少松了口气。妈的，我也是，只是我从没提过。但莉萨从没有担心过自己的安全，这可能就是她有胆量承认和卢德维格森之间的事的原因吧。但她怎么能自欺欺人地说她知道我的底线呢？我他妈都不知道，还坐在这儿回想自己到底干了什么蠢事。

我十岁那年，有个周六晚上，爸妈要出门。他们临走前给我和哥哥一人一杯柠檬味饮料。他们一出门，我哥哥就往两杯饮料里头都吐了口水，两团巨大、黏稠的口水。他可能以为这样一来，他就可以拥有两杯饮料。但事实上，下巴破了的人没法从杯子里喝东西。在住院时，他也就能拿吸管喝点水而已。

不管怎么说，现在莉萨就像是一杯柠檬饮料。被人吐了口水，被破坏了。我没法用别的方式看这件事。我失去了我所得到的一切，留下的只有无意义的报复，只是为了让我的压力不那么大。去你妈的。去你妈的。

现在我感到压力都回来了。它们在我的太阳穴边跳动。

也许是因为我们开在凯塞尔斯维埃恩路上，刚刚经过600号。

我们在房子和垃圾桶之间穿梭。我时而进出驾驶室，时而站在车背后的梯子上，但我时不时就会看一眼手机。

也许她在开会。

和卢德维格森开会。

行吧，我不该这么想。而且不管怎么说，她应该没有这么做。我不知道为什么如此确信，但我就是这样想的。

接着，我们到达凯塞尔斯维埃恩路612号。

那是栋小别墅，和这个区域其他的房子比起来不太时髦，但也不算简陋。如果你是从父母那里继承的房子，你不需要很有钱就能住进去，你爸妈也不需要特别有钱。但如果你现在想买一栋，那得花上好几十万。带花园的房子总是很贵，甚至在我住的城东也是如此。

我注意到门廊上头的灯还亮着。要么斯特凡·卢德维格森不在乎电费，要么他就是个健忘的人。又或许他还没去上班，仍留在家里。这就是我走向车库时，脉搏像锤子一样越敲越重的原因吗？他是不是正准备出来，跟我说，他无法通过手机联系到莉萨，所以他已经报了警，而警察正在赶往我家的路上？不只是我的心脏这么跳动着告诉我，我还被一种突然出现但绝对确定的感觉攫住了：我昨晚杀了人。这种感觉，从我酸痛的前臂、我的指尖、我曾压住瘦弱喉头的拇指，还有我的内心深处浮现出来。我是个杀人犯。我看见那对凸出的眼球，那垂死挣扎的目光，像是祈求着什么，在不甘和绝望中仰视我，然后就像电流切断前的红色警告灯一样，熄灭了。

卢德维格森，他也知道吗？他是不是坐在某扇窗后看着我？也许他并没有胆量走出来，所以只是坐在家中等着警察来？在我打开车库门寻找垃圾桶时，我仔细听着这个宁静夏天早晨的动静，等待着警笛声响起。车库里有辆车。一辆崭新的黑色宝马。坏人才开宝马，不是吗？不过这次，我才是那个恶棍。我把带轮的垃圾桶推出来；垃圾桶很重，轮子陷在碎石里，我不得不使出全身力气推它。随后，我把它挂上液压装置。后视镜里，我看见皮尤斯在看着我。他喊着什么，但因为液压机的响声，我听不清楚。

"呃？"我喊了回去。

"那不是你的车吗？"我听到他道。

"我可没买什么宝马。"

"不是那辆！"皮尤斯叫着，"是那一辆。"

我顺着他指的方向往路的远处看去。我们面前五十米远的地方，停着一辆白色的卡罗拉。一辆已过车检截止日的车。一辆引擎盖上有着显眼凹痕的车。在和交警讨论时，为了强调某个论点，拳头曾在那里落下。

一切渐露端倪。我想，"渐露端倪"应该是对的词，因为它意味着这些事情发生的速度很缓慢。事情如此缓慢，因为我无法理解莉萨为什么要这样对我。这里有辆应该载着卢德维格森去上班的宝马，那里停着一辆应该待在我家车库的卡罗拉。换句话说，莉萨起床后，发现车还在车库里，就开着它来见正在等她的卢德维格森。

我盯着这栋房子。他们在里头。他们这会儿在干什么呢？我试着把脑袋里的画面逐出去，但我他妈的做不到。我想杀人。例如，杀了他们俩。取走一个人的性命，并承担随之而来的惩罚。现在不是愤怒在发声。或者其实就是愤怒在说话。我知道这种愤怒让我没法就这么走开。它得爆发出来。没别的路可走。我必须得摆脱卢德维格森。莉萨……我没法完成思考。尽管我大脑里浮现出他们俩在一起的画面，裸着身子，躺在一张又大又丑陋的四柱式卧床上，但这幅画面里总有什么地方不对劲。有些东西说不通。就像你知道自己忘了什么地方，但就是想不起是什么。

不管怎样，等清空完这个垃圾桶，我就会立刻从工具箱里拿出千斤顶，走到他家，闯进去，成为一个杀人犯。这样的决定一做，我立刻感到脑袋里有种奇怪的轻松感，就好像压力已经被平缓地释放出来了。我正看着垃圾桶往上升，电话响了。我接起电话。

"嘿。"莉萨说。

我愣住了。我听出了电话那头的背景音。她在分拣室。她在上班。

"我看到你给我打了好几个电话，"她说，"不好意思，今天工作的事情有点乱，没有人知道卢德维格森在哪儿。我们能晚点再聊吗？"

"没问题，"我说，看着垃圾桶到达最高点，"我爱你。"

在随后的沉默中，我能感到她很困惑。

"你不是……"她开口说。

"是的，"我说，"我很受伤，也很沮丧。"垃圾桶开始倒空，"但我爱你。"

我挂断电话，看着那辆卡罗拉。它停在阴影处，玻璃上还留着露水。车肯定在这里停了一夜。

绿色垃圾桶里的垃圾开始滑落，有什么东西撞到了翻斗的金属底部，发出闷闷的响声。我往里头看。在那里，在鼓鼓囊囊、打过结的垃圾袋和空比萨盒之间，躺着一具身着蓝色睡衣、苍白、肿胀的身体。我之前一定见过斯特凡·卢德维格森，因为我认出了他。他那双瞪大的、破碎的眼睛直勾勾地盯着我。喉咙上的伤痕已变成了黑色。就像是浓雾散去后，太阳出来，变得加倍强烈。像是极地的冰雪融化，记忆的大陆加速抬升。

我记起了他的啜泣，他窒息前的忏悔。他的借口是他刚刚离婚，犯了错。他抓起厨房刀，在我的脸前划来划去，以为我喝得很醉，没办法躲开。在我打掉他的刀之前，他在我的前额划了一道口子。刀很不错，也让我彻底暴怒。它给了我一个借口。他妈的自我防卫。所以我榨干了他的生命。不太快，但也不太慢。并不是说我享受杀人，那太夸张了，但至少这个过程给了他理解、后悔和痛苦的时间。就像我遭受的那样。

我看着压缩机把半裸的尸体挤压出类似胎儿的姿态。

站在梯子上，我转身看向通往前门的碎石路。没有拖拽的痕迹。我做过仔细的清扫，从内到外，没有留下任何我来过的痕迹。

如果说我半夜跳上卡罗拉到这里来按他家门铃的时候都还醉着，那么看见他死在厨房地板上的那一刻，我立刻清醒了。我还清醒地意识到，如果我因酒驾在回程路上被拦下，那么我会留下记录，随后很可能会与卢德维格森的失踪联系在一起。因为他不能待在这里。事实上，他必须彻底消失。在我按门铃前，我就已经计划好这一切了吗？因为皮尤斯是对的。我的确拥有迅速且理性处理事情的能力。

我走回车边，爬进车里。

"嗯？"皮尤斯看着我，问道。

"嗯什么？"我问。

"你没有什么想告诉我的？我跟你说过，我发誓会保密。"

我他妈能说什么呢？我向东看去，太阳刚刚从那边的山脊升起。这一圈的收垃圾工作很快就会结束。我们一路向东，前往克莱门特斯鲁德的垃圾回收中心。在那里，负责扫描的机器人会把卢德维格森分到他本应在的地方，有机垃圾区。接着他会被传到他应去的地方，地狱。在那里，每一道痕迹、每一缕记忆、身后留下的每一件东西，都将被摧毁，我们失去的一切都不会再被回收。

我找到了要说的话，平常总不能顺畅说出的话。这一次它们如音乐般从舌尖流淌了出来。

"总有人要去做清洁工作。"我说。

"完全同意。"皮尤斯说。

垃圾车抖动了一阵，再次发动起来，向着路的尽头驶去。

供词

"警官,我有帮上忙吗?"

我把西蒙娜的杯子放在盖着桌布的咖啡桌上。她的咖啡杯。她的桌布。她的咖啡桌。甚至桌子中间那盘巧克力也是她的。这些东西。奇怪,一旦人死了,再小的东西也有了意义。不管是好是坏。

在她活着的时候,这些东西都不是很重要。我刚刚把这些都跟警官解释过一遍。在西蒙娜把我赶出去的时候,她和我说,我可以拿走自己想要的一切——立体声音响、电视、书籍、厨房用具,随便什么都可以。她已做好了准备。她已有决定,这场分手会很文明。

"在我们家,没人会为茶匙归谁争执。"她说。

我没有反驳。只是盯着她,想要找出她那些乏味的陈词滥调("对我们俩都好""我们的发展方向不一致""是时候放手了"这类的话)背后隐藏的真实原因。

接着,她拿出一张打印好的表格,放在桌子上,让我在想要的东西上头打钩。

"这只是我列的一张物品清单。阿尔内,别让你的感情阻碍基本判断。试着把整件事看成一次受控的财产清算。"

她这么说着。仿佛谈论的是她父亲的某家子公司,而不是婚姻。自然,我当时太自负了,甚至都没有看一眼那张清单。我受的伤害让我无法从温德恩这幢大得出奇的别墅里拿走任何一件东西,在这里,我们曾共同度过很多美好的日子——如果我的记忆没出错的话——和极少糟糕的日子。

也许对我来说，就这样放弃一切有些太草率了。不管怎么样，她是个有钱的年轻女人，掌握的资产价值超过一千四百万，而我只是个债务缠身的摄影师，对自己的业务能力有点过于自信。西蒙娜支持了我和其他六个摄影师一起开工作室的想法。即使没有从金钱上，至少也是在精神上支持了我。

"父亲看不出这里有什么经济收益，"她说，"我想你得自己筹钱，阿尔内。给他展示一下你能做到什么，他看到了你的能力，就会给你投资的。"

理论上钱是她的，但她父亲才是做决定的那个人。坚持我们结婚时签婚前协议，自然也是他的主意。他可能早就料到了，自己的女儿很快就会摆脱那个长发的摄影师，摆脱他的远大理想和"艺术上的野心"。

所以我去追梦了，愤愤不平且坚定地去了，想证明他错看了我。我带着得过的金奖去找银行借钱。那段时间，只要你有个看上去能商业化的点子，银行就会追着你放贷。我花了六个月的时间，证明了西蒙娜父亲是对的。就像有句话说的，你很难知道一个女人究竟是在哪个瞬间停止爱你的。但对西蒙娜来说，找到这个瞬间并不难。当她打开门，站在台阶上的男人告诉她，他是执行法院派来的，要强制没收我的财物时，这一切就发生了。她带着冷冰冰的礼貌签了张支票给他，于是我们保住了车。当她要求我带着想要的东西滚蛋时，也是带着同样冰冷的礼貌。我拿走了自己的衣服、一些床上用品，以及一笔刚过一百万克朗的个人债务。

我应该把咖啡桌也带走。我喜欢这张桌子，喜欢它表面的小凹痕，那是我们狂野派对的纪念；喜欢它溅上的颜料，那是我决定把客厅的一切都漆成绿色时留下的；喜欢它微微弯曲的一条桌腿，我们第一次也是唯一一次在上面做爱，压弯了它。

负责调查的警官坐在一把扶手椅上，面对着我，他面前的桌子上放着一本笔记本，一字未动。

"我读到，她是在这张沙发上被人发现的。"我说着，拿起自己的咖啡杯。

当然，这是个不必要的细节。所有报纸的头版头条都登了。警方无法排除所有疑点，而她的家族又足以引起媒体的兴趣。根据验尸官的报告，西蒙娜死于氰化物中毒。西蒙娜为了接手她父亲的连锁店，上过一段时间金饰加工的课程，但一如往常，她很快就厌倦了上课。她从作坊里偷偷带出来几瓶氰化物，把它们放在地窖里。她坚持说是为了寻求刺激。但没有证据表明她体内的毒素来自她自己的瓶子。警方不清楚她是如何摄入氰化物的，所以不愿意在缺乏进一步调查的情况下得出自杀这个结论。

"我知道你们在想什么，警官。"

我能感觉到沙发里的弹簧正抵着我的大腿。一张老式洛可可风的沙发，她的风格。她的新欢，那个建筑师，是不是在这张沙发上和她做过爱？我搬出去几周后，他就搬了进来。我知道，我还住在这房子里的时候，他们俩就在沙发上搞过了。我说完那句"我知道你们在想什么"之后，警官并没有叫我解释，所以我继续往下说：

"你们在想，她不是那种会自杀的人。完全正确。别问我是怎么知道的，警官，我就是知道，她是被谋杀的。"

他似乎对我的观察没有什么兴趣。

"我也知道，作为受辱的丈夫，如果她是被谋杀的，我看上去肯定很可疑。我有动机。我能来看她，我也知道她把毒药放在哪里，我可以把它偷偷放进她的咖啡里,然后离开。我想这就是你们来我家的原因,看看我有没有哪件衣服,和你们在西蒙娜房子里发现的纤维成分一致。"

警官没有回应。我叹了口气。

"但纤维、脚印和指纹都和我的不相符,你们没有对我不利的证据。所以有些聪明人建议把我带回这栋屋子里,看看我在案发现场的表现如何。心理学上的把戏。我说得对吗?"

对面仍无反应。

"你找不到任何证据,原因很简单——我很久没回来过,警官。至少过去一年里再也没回来过。而且房屋的管家用真空吸尘器把房子打扫得非常干净。"

我放下咖啡杯,从巧克力盘中选了块扭摆(Twist)牌巧克力。椰子味。不是我的最爱,但完全可以接受。

"这多让人伤感呀,警官。一个人留下的痕迹可以那么快、那么轻易地被清除掉。就好像这个人从未存在过。"

我撕开巧克力的包装纸。这块巧克力扭了四圈。我取下银箔纸,对折四次,再用手指把褶皱捋平,放回咖啡桌。接着我闭上眼,把巧克力塞进嘴里。圣餐。赦免罪恶。

西蒙娜喜欢巧克力,尤其是扭摆牌的。每周六,我去奇威超市采购的时候,总是会买上一大包。这是我们为数不多的习惯。当你的生活建立在投机、一时的心血来潮、偶尔共进晚餐,以及日复一日地在同一张床上醒来时,习惯是令人安心的锚。我们都认为这是工作的错,而我相信如果有孩子,一切都会不同。孩子会让我们合而为一。一个孩子。我还记得我第一次提起这件事的时候,她是多么动摇。

我再次睁开眼。

"西蒙娜和我，我们是完美的扭摆伴侣，"我说，暗暗希望警官能抬起眉毛，给我一个迷惑不解的眼神。随后，我解释说："我不是说那种舞，而是巧克力。"很明显，这位警官没有幽默感。"我喜欢甘草味和牛轧糖口味的巧克力，讨厌香蕉奶油味，而她恰好喜欢这个口味。你知道的，就是那种有黄绿相间包装纸在外头的巧克力。噢，对了，你已经……如果我们有客人，我得先把它们从盘子里挑出来，这样第二天她才能独自享用它们。"

我本想淡淡一笑，但出乎意料地，这则小小的逸事让我情绪崩溃了。我感到自己的喉头胀胀的。我本不想说什么，但随后，我听见自己饱受伤痛的低语："我们爱过彼此，警官。不仅是爱，我们是彼此呼吸的空气，我们让对方活下去，你能理解吗？不，当然，你为什么能理解呢？"

这时，我几乎愤怒起来。我坐在这里，向他袒露自己最隐秘也是最痛苦的想法，强忍眼泪，但那个警官只是面无表情地坐着。他至少可以点点头表达同情，或者假装记些笔记呀。

"在遇到我之前，西蒙娜的生活没有方向，毫无意义。她深陷困境。表面上看，一切都很不错——美貌、金钱、所谓朋友——但她没有实在的内核，没有方向，你明白吗？我把这种状态称为'外物恐惧'。因为东西是可以失去的，你拥有的越多，你就越害怕失去它们。她被自己的财富淹没，无法呼吸。我的出现给了她空间，给了她空气。"

我停顿了一下，看见面前警官的脸上泛起涟漪。

"空气，氰化物的反面，警官。氰化物会让呼吸系统的细胞瘫痪，几秒钟之后你就无法呼吸，接着因窒息而死。但我猜你应该知道这些吧。"

这样好多了。说点别的吧。我吞了吞口水,振作起来,接着往下说。

"我不知道她是怎么遇到那个建筑师亨里克·巴克的。她总说,是在我搬走后,他们俩才遇上彼此,一开始我也信了。但朋友们都说我太天真了,我前脚搬出去,他几乎是后脚就搬进来了。就像我一个朋友说的,速度快到我睡的那侧床都还热着呢。尽管如此,警官——我知道这听上去很奇怪——当我知道是她对别人产生了感情,才毁掉我们之间的一切时,我几乎释然了。我和西蒙娜之间曾有过的爱,并不是那种会自己燃烧殆尽的感情。她需要另一份爱,才能战胜我们的爱。"

我匆匆瞥了警官一眼,但在我们视线相遇时,我又马上移开了视线。在谈论感情,尤其是我自己的感情时,我通常会非常谨慎。但现在我体内有些不吐不快的东西,我没法阻止它。或者说,我也不想去阻止。

"我想我是个嫉妒心很强的男人。也许西蒙娜不是传统意义上的美女,但她拥有一种动物的特质,让她美丽得很危险。她看着你,就像是猫看着家中无人看管的金鱼。但男人都围着她转,就像鳄鱼嘴边的牙签鸟。她在他们的脑中埋下想法,她……嗯,你也见过她。我黑色的死亡天使,我之前都这么叫她。我以前常开玩笑说,她会要了我的命,她的狂热崇拜者里总会有人想要杀掉我。但在内心深处,我还是更害怕她某天会爱上那些执着的追求者中的一个。就像我刚才说的,我是个嫉妒心很强的男人。"

警官在扶手椅里陷得更深了。这并不让人惊讶;说到现在,我还没有说出什么有助于调查的事情。但他似乎也没有任何让我停下来的意思。

"然而我从没有嫉妒过亨里克·巴克,这不是很有趣吗?至少我对他没有特别大的恨意。我想,我看着他,就像看着另一个自己,他爱西蒙娜超过其他一切。事实上,我们更像是同道中人,而非仇敌。"

我用舌头舔了舔口腔角落,想把一小块椰子的碎片弄下来,同时,一阵不适袭来。警官仍沉默着,就像是聋了一样。

"行吧,我刚说的也不全是真心话。我嫉妒亨里克·巴克,至少在我第一次见他的时候。让我解释一下。有一天他打电话到我办公室来,问我们能不能见一面,他有些西蒙娜托他带的文件需要给我。我知道那肯定是离婚协议,虽然西蒙娜让她的新欢来送文件实在是不可理喻,但我还是很好奇巴克是什么样的人,所以我同意在餐厅会面。我猜他对我应该也很好奇。

"不管怎么说,其实他人还不错——礼貌但不谄媚,聪明但不显摆,并且对于我们此刻的处境有着颇具幽默感的理解。我们喝了几杯啤酒,过一会儿,他开始谈起西蒙娜,我很快意识到,他在西蒙娜身上遇到的麻烦和我很相似。她是个猫一样的女人,来去全凭自己心意,娇生惯养,情绪多变,而忠诚绝不是她的优良品质之一,如果我能这么说的话。他抱怨着西蒙娜有那么多男性朋友,不能理解她为什么不能像别的女孩那样,和女伴一块儿玩。他说起那些他已经上床睡觉而西蒙娜才醉醺醺回家的夜晚。她总是热切地谈起新朋友,那些让人兴奋的新人。他旁敲侧击地问我,自从我们分手,我搬出去住之后,有没有再见过她。我面带微笑地告诉他,从来没有。我笑是因为我意识到,他对我的嫉妒远超我对他的嫉妒。警官,这不是很矛盾吗?"

那个警官张了张嘴,但很快又改变了主意,没说话,只是继续张着嘴。他看上去很傻。实际上，我早就想过不要说太多的话。有趣的是，沉默很能影响他人的状态。一开始，我觉得沉默是一种威胁，但现在我明白了，这不是那种你会描述为"谈话时的沉默"的状态。这个警官看上去对我说的并不感兴趣，也没有听得很仔细；他流露出的更多是一种不偏不倚的无感。这是一种言语的缺席，像一块空无一物的空间，用真空吸尘器将我的话语一句句地吸走了。

"我们又喝了一瓶啤酒，笑着交换了不少有关西蒙娜的小缺点的故事。比如，她总是会在点完餐后改变主意，你不得不再次把服务员叫过来，改掉刚下的单。还有她每次都在熄灯说晚安后才爬起来去卫生间。当然，我们也谈到周六的采购大冒险，如果你忘记买袋扭摆巧克力，那将是一场灾难。

"所以，几周后的周六早晨，我在奇威超市再次遇到巴克时，没觉得有什么可惊讶的。我用非常夸张的眼神看向他购物车里的那袋巧克力，随后，我们都笑了。他问起离婚协议书的事情，说西蒙娜的律师还在等我签完它们。我说，我要做的事情很多，但下周会仔细看看协议。我可能有点恼火他在我面前提起协议书。我是说，急什么？他已经占了我在她床上的位置，这还不够吗？就好像他已经等不及要和她结婚了。噢，还能娶她的百万家产。所以我直接问他，他们俩是否打算结婚。他一脸茫然，于是我再问了一遍。他没精打采地笑了，摇了摇头。我立刻明白了。"

我展平了指间甘草味巧克力的包装纸。上头写着"Lakris-lakrits-lakrids"，分别是丹麦语、瑞典语和挪威语。反正都很好懂。你的邻居们说着和你差不多的语言，这很好。

"他眼里藏着痛苦，我过去在镜子里也看到自己这么痛苦过。巴克正在出局。西蒙娜已厌倦他了。这不过是时间问题，他自己也知道，他已经品到了必定失败的苦涩滋味。警官，你有没有对此做些调查？问问西蒙娜的女友，看她有没有甩掉巴克的计划？你应该这么做，因为这样一来，他也有动机，不是吗？你们不是都爱说'激情犯罪'吗？"

警官嘴边是不是挂着一丝微笑？他没有回答。当然没有，他肯定发过誓，在谈到案情时绝不多言。同样，一想到亨里克·巴克也将成为嫌疑人，我忍不住笑起来。我甚至不想去掩饰这一点。我们俩都笑了。

"真是个悖论呀，不是吗？我一直没寄离婚协议书，所以，到西蒙娜死，我们还是名义上的夫妻。警官，这让我成了她财产唯一的继承人。如果真是亨里克·巴克杀了她，这意味着，那个偷走我一生所爱的男人让我变成了百万富翁。我。你不觉得这就是生活的一个小讽刺吗？"

我的笑声回荡在植绒墙纸和橡木拼花地板间。我笑得有点过，拍拍大腿，把头往后仰。这时我看见警官的眼睛。冷冰冰的。像是鲨鱼的眼睛。它们将我钉回沙发上。我立刻停住了笑。他意识到了吗？我又拿起一块巧克力，代姆牌的，撕开包装，随即改变想法，换成了巴利牛轧糖。我把那块代姆重新包起来。必须想一想，不，没必要再想。看那警官一眼就已足够。

"扭摆巧克力的优点在于它的包装，"我说，"让你可以改变主意。你可以把它重新包好，而不会有人发现它曾经被打开过。不像其他大多数事情。就拿供词来说吧。一旦你'打开'了一份供词，一切就无可挽回了。"

警官点点头，更像是在鞠躬。

"好了，"我说，"不开玩笑。"

我说这句话，就好像我刚刚下定了决心，但事实并非如此。我等待许久，一直在等待时机。现在就是这个正确的时机。

"警官，你是不是在地窖中发现了一些瓶子，里头装着氰化物溶液？"巧克力在我舌尖融化，我能感觉到它中间坚硬的部分抵住了我柔软的上腭，"其中有一瓶是空的。我被从这里赶出来的时候带走了它。我也不知道为什么。那段时间我很消沉，也许我有过自杀的念头。氰化物里可以提取出氢氰酸，但我想你大概知道这件事吧？"

我的手指在装满巧克力的碗里搜寻，找到了一块香蕉奶油味的，接着把它直接放了回去。旧习难改。

"我在超市偶遇巴克后不久，也买了袋扭摆巧克力。我还在药房买了一次性注射器，回家后把氰化物注入其中。接着，我打开巧克力，取出其中的香蕉奶油味，小心剥开它们的包装纸，把溶液注射进去，再把它们重新包好，放回袋里。接下来的事情很简单。下个周六，我等在超市的外面，等巴克开着西蒙娜的保时捷出现。我把那袋巧克力藏在大衣下，在他进店前溜进超市里，把袋子放在扭摆巧克力的专属货架上最前头的位置，从货架后我那个位置能看到他就拿走了那一袋。"

警官坐着，头微微低着。就好像是他，而不是我，刚刚给出了用毒药杀人的供词。

"我读到，亨里克·巴克发现她的尸体时，还以为她睡着了。真遗憾，她死去时巴克不在她身边。也许他能从死亡中学到点什么。我是说，看人在生死之间挣扎一定是件美妙的事情，你不觉得吗？"

看上去警官好像在准备说点什么，一个冗长、复杂的回应，他需要花些时间思考。我接着往下说。

"我以为尸检结果一出来你们就会逮捕亨里克·巴克。我以为你们很容易就能查出——氰化物来自巴克带回家的巧克力。

"但你们没有，警官。你们没能把毒素和她胃里残留的巧克力联系在一起，因为巧克力都已经被胃酸融化、分解殆尽了。于是我开始担心，亨里克·巴克可能不会被捕。"

我把剩下的咖啡一饮而尽。警官的咖啡杯还在桌上，没被动过。

"但如果在他的房子里出现了第二具尸体，我敢肯定验尸官一定能想明白，你觉得呢？从始至终，用来杀人的凶器一直摆在你们面前。"

我指向那盘巧克力，露出微笑。依然没有回应。

"在我拉响警报前，警官，你还要再吃一块吗？"在寂静中，我能听到那张香蕉奶油味的巧克力包装纸缓缓展开，发出微弱的爆裂声，像一朵黄绿相间的玫瑰，在警官面前盛开。开在那张漂亮的咖啡桌上。

奥德

奥德——从观众席看过去——正站在右手边的侧翼。

他试着像平时一样呼吸。

有多少次他像现在这样站着,听着即将采访他的人大肆吹捧他,提高人们的期待,同时为自己马上要在众人面前登场感到恐惧?观众的期待肯定不低,毕竟入场券都要二十五镑,比他的任何一本书的售价都要高。唯一可能的例外是他的处女作的英文首版。那本书已经在二手书店绝迹,目前在互联网上的售价是三百镑。

这就是他呼吸困难的原因吗?是担心他本人——拥有真实的血肉之躯的奥德·瑞门——不能满足人们的期待?他不可能达到炒作的那种高度。毕竟,人们已经将他视为某类超人,一位挖掘心灵的智者,他不仅能分析人类的境况,还能预测社会文化发展的趋势,诊断现代人的问题。他们不明白那只是夸张的宣传吗?

确实,作者的思想中自然总有他自己也未必能明白和看到的弦外之音。这一点甚至适用于那些他自己非常钦佩的作家。他怀疑加缪、萨拉马戈,甚至是萨特,都未能充分挖掘自己的深度,比起这点,萨特更关心的是自己表达的外在性吸引力。

在对着电脑屏幕上中性外观的页面,以及它提供的撤回选项时,他可以是奥德·瑞门,《波士顿环球报》的评论家曾以最高的敬意称他为"奥德·梦想家",这个绰号一直被沿用至今。但以个人的角度来说,他只是奥德,一个正在等着被展示的普通人,有着平均智力水平，稍稍高于平均水平的语言天赋，而对自我批评和冲动的控制力显著低于平均水平。而且他认为正是后者——对冲动的低下控制力——让他能够毫无顾忌地在成千上万，实际上是数十万（不到百万）的读者面前，暴露自己的情感生活。因为，尽管稿纸或者说屏幕提供了撤回选项，提供了后悔和修改的机会，但只要他认为写得不错，他就绝不会摁下撤回键。他文学上的使命感比他个人的舒适更为优先。他可以抵御自己性格中的软弱，离开舒适区，只要是发生在纸上，发生在他的梦中，发生在他的写作中，那么不管主题是什么，有多私密，都是他写作的舒适区，文字安全地把生活隔绝在外。他可以写任何事情，并告诉自己，那些文字将永远躺在他书桌最底下的抽屉里，永远不会被发表。接着，一旦他的编辑索菲读到这些文字，再给他的作家心做些按摩，他就会相信，如果不让读者也读到这些，那将会是一场文学上的犯罪。他只需闭上眼睛，颤抖着独自喝些酒，余下的事情就会自然而然地发生。

但上台接受采访并不是这种情况。

埃丝特·阿博特的声音像是远处传来的一声惊雷，一场从舞台迫近的风暴。她站在讲台前，身后是一会儿他们要坐的扶手椅。好像把背景布置得粗看起来像个起居室就能让他放松似的。在他看来，这无异于在满是花朵的草地中央放一把电刑椅。去他们的吧。

那个声音说道："他为读者提供了一个新视角，让我们看到自己、自己的生活、自己身边人的生活，一个关于我们的世界。"

他只能勉强听懂那些英语词汇。比起母语，他更喜欢被用英文采访，他会夸大自己的口音，而这会让听众以为，他不能清楚表达自己的意思是因为他在使用别国的语言，而真实情况是，只要是口头表达的场合，哪怕是用母语，他都会变成小丑，被那些最简单的句子绊倒。

"他是我们这个时代、我们这个社会，以及我们个人最敏锐、最不妥协的观察者之一。"

这简直是胡说八道，奥德·瑞门一边想着，一边在G-Star牛仔裤上擦干自己手心的汗。他这个作家之所以能获得商业成功，完全是因为他对性幻想的描写。不守常规、勇敢，人们会这么描述他笔下的性幻想，他精妙地保持平衡，让文字仍在可被接受的边缘，而不至于真的让人感到震惊和不满。同时，对那些和作者拥有同样的幻想的读者而言，这也是对他们的羞耻感的一种治疗。他最近意识到，他写下的其他东西都驾着那些性描写奔驰。奥德·瑞门知道——他的编辑同样知道，尽管他们从未聊起过这个——在之后的书里，他将继续提供各式各样的性幻想，尽管事实上，这些性描写部分和主题无关。它们就好像是被放错位置的漫长吉他独奏，与主题唯一的联系是读者期待它们，甚至这样向他要求。这成了一种变得过于常见的挑衅，只能引来一个哈欠，而无法让人真的喘息，这种例行公事几乎令他作呕，但他为自己开脱道，这是其他部分需要的轮子，能让他真正想说的话抵达他原本无法接触的更广大的读者。但他错了。他出卖了灵魂，而这毁掉了他艺术家的那部分自己。那么，就让它结束吧。

在那本他现在正在写但还没给编辑过目的小说中，他放弃了一切商业畅销的元素，只描写那些诗意、如梦的部分，真实的部分。痛苦的部分。他不再妥协。

尽管如此，他还是站在了这里，几秒钟后，他就将在震耳欲聋的掌声中登上舞台，查尔斯·狄更斯剧院早已坐满了人。那群听众还不等他开口，就已决心爱上他。就像爱他的书一样，仿佛两者早已合二为一，仿佛他的写作、他的谎言，早在很久之前，就告诉他们有关他的一切。

最糟糕的是，他需要这些。事实上，他需要那些缺乏根据的赞扬和无条件的爱意。他对此上瘾，因为他从他们眼里看见的是他窃为己有的东西。那些像是毒品。他知道这一切正在摧毁他，腐化他艺术家的心灵，但他不得不这样做。

"……被翻译为四十种语言，跨越文化障碍，被全世界的人阅读……"

查尔斯·狄更斯一定也染上过这样的毒瘾。他不仅把不少小说按章节出版，且在动笔写下一章之前，仔细研究公众的反应，他还会巡回朗读自己的书。他不像那种知识分子式的作家，带有谦卑之人那种可爱的羞怯，与笔下的文字保持着一定距离。狄更斯有着无耻的激情，不仅想实现他戏剧表演的雄心，展现他的演出天赋，还贪婪地吸引着大众的关注，不管对方的阶层高低，不管其知识水平和地位如何。就像是他创作出的那些不够有同理心的角色，难道查尔斯·狄更斯——社会改革家，穷人的捍卫者——也对钱和社会地位感兴趣吗？然而，奥德·瑞门反对的并不是查尔斯·狄更斯的这一点。而是狄更斯表演了他的艺术。最糟糕的表演。他是街头小贩和跳舞熊的结合。尽管熊被主人用铁链锁着，看上去依然危险，但实际上他的爪子、睾丸和牙齿都已被去除了。查尔斯·狄更斯给了大众他们想要的东西，而在那段特殊时期里，大众想要的是社会批评。

如果查尔斯·狄更斯继续走在艺术那条狭窄、笔直的路上，他的作品会更好吗？

奥德·瑞门读过《大卫·科波菲尔》，当时他认为如果由他来写这本书，他会写得比狄更斯更好。不能说好很多，但总归会好一些。但现在还是这样吗？还是说，他的笔、爪子和牙齿，因为他对马戏团的臣服，已经失去了那种创造出传世的艺术作品所需的锋芒？如果确实真是如此，他还有回头路吗？

会有的，他告诉自己。因为那本他正在创作的新小说正是这样的传世之作，不是吗？

尽管如此，他还是来到了这里，还有几秒钟就要上台了。他将沐浴在钦慕的目光里。在聚光灯的照射下，他要机械地说出陈词滥调，榨取人们的喝彩声；简而言之，他将在今晚闪亮登场。

"女士们、先生们，你们已经等待他许久，现在他来了……"

放手去做。不仅是训练师或任何其他产品的最佳口号，也是每当他被年轻人问起该如何开始写作时，他总是给出的回答。没理由拖延，也不需要准备，你只要把笔放在纸上，字面意义上的纸笔，不是比喻。他告诉他们，应在当天晚上开始写作，写什么都行，但必须在当天，在当天晚上。

处理和奥萝拉的关系也是这样，在经历了无尽的讨论、眼泪和总是以他回到起点而告终的重聚后，他终于成功地离开了她。那只关乎放手去做。让身体走出门去，再也别回头。这件事那么简单，却那么困难。当你上瘾时，你无法只是减少剂量，吸上一点就满足。奥德见过自己的亲兄弟这么试过，结果是致命的。对于瘾，只有一条出路，就是彻底戒断。在这个夜晚。现在。因为明天不会更好或更容易。明天会更难。推迟只会让人在泥潭越陷越深。把事情推迟一天又能怎样呢？

从舞台侧翼，奥德·瑞门盯着外面刺眼的背景光。他看不见听众，只能看到一堵黑暗的墙。也许他们不在那里，也许他们从不曾存在。而且据他们所知，他也许也不曾存在。

接着它来了。那解放的、救赎的念头。他的马匹。它就站在他的正前方。他只需要把一只脚踏进马镫，然后上马。放手去做。另一个选项是不去做。那是他实际上仅剩的选项之一。严格按语法说，应该是他仅剩的选项。从现在开始，他将严格要求自己。实事求是。毫不妥协。

奥德·瑞门转身离去。他把缠在脖子上的麦克风和发射器摘了下来，交给看上去一脸困惑的技术人员。他走下台阶，走向更衣室。在那里，他、采访者埃丝特·阿博特和出版方的营销人员一起读过部分采访中将涉及的问题。现在房间已空，只能听到从上面传来的埃丝特的声音，那是一种无言、空洞的巨响，穿过天花板而来，响彻房间。他抓起之前放在椅背上的夹克，从水果碗里拿出个苹果，走向给表演者的出口。推开门，他呼吸着这条狭窄小巷中伦敦的空气。汽车尾气，与餐厅排气扇里金属烧热和芝士融化的味道混在一起。奥德·瑞门从没有呼吸过比这更自由、更新鲜的空气。

奥德·瑞门无处可去。

奥德·瑞门无处不可去。

可以说，这一切都因奥德·瑞门在分享他的新作《山》之前的几秒钟离开了查尔斯·狄更斯剧院而起。

或者说，这一切都始于《卫报》对这件事的报道，文章称他辜负了那些付过钱的读者、卡姆登文学节的主办方，以及埃丝特·阿博特——那个年轻的女记者负责安排整场采访，而且说过她有多么期待。你也可以说，事情是从《纽约客》联系了瑞门的出版商，想要采访瑞门开始的。但出版商的宣传部门回复道，不好意思，奥德·瑞门再也不会接受采访。杂志社问起瑞门的电话号码，希望能让他回心转意，但只得到他已不再用电话的消息。实际上，出版商也不知道瑞门去了哪里。在他那晚离开查尔斯·狄更斯剧院后，就再没有人收到过他的消息。

这只是部分事实，但《纽约客》就奥德·瑞门的"缺席"写了篇文章，其他作家、文学批评者和文化界人士在文中谈到了他们对瑞门的印象，尤其是对《山》的观感。住在父母法国的消夏别墅里，奥德·瑞门惊奇地发现，原来有那么多名人，一夜之间不仅看起来读过他的书，还认识他本人。为了能上大名鼎鼎的《纽约客》撒谎说读过他的书，倒不那么让人惊奇。提前几天告知足够那些人匆匆翻阅几本他的书，得到些感受了。或者在一些面向学生的网站上得到些内容概述。但他们说，自己受过奥德神秘个性和独特魅力的影响，就让人很是讶异了，因为奥德似乎只在工作场合——文学节、书展、颁奖典礼——见过这些名人，并进行过一些礼貌上的寒暄。这个行业对礼节的要求近乎偏执（根据奥德·瑞门的理论，作家都很害怕得罪别的作家，因为他们比其他任何人都知道，冒犯以笔为武器的敏感心灵，就像侮辱拿着乌兹冲锋枪的孩子）。

但因有对自己的承诺在先，奥德·瑞门决心过得纯净，像个苦行僧一样，避开任何可能被解读为追求书籍畅销、在知识上行骗和吹嘘自我的东西，他不认为自己有权去修正《纽约客》的读者对他的印象。一个文学怪咖。

不管整件事是从哪里开始的，它都在继续发展。在遥远的乡间住所接到电话时，他的编辑是这么告诉他的。

"出事了，奥德，而且这事还没完，反倒愈演愈烈。"

索菲·霍尔指的不仅仅是书的销量。还有大量的采访邀约、文学节邀请。外国出版社也请他去当地举办《山》的首发式。

"都疯了，"她说，"在《纽约客》那篇……"

"会过去的,"他说,"杂志上的一篇文章又不会改变世界。"

"你离群索居,自然不知道在发生什么。所有人都在讨论你,奥德,所有人。"

"哦,真的吗?他们怎么说?"

"说你……"她干笑一声,"说你有点疯狂。"

"疯狂?好的那种吗?"

"非常好的那种。"

他清楚她的意思。他们俩聊过这件事。那些让我们着迷的作家都描述过我们很容易辨认的世界,但他们看世界时好像戴着一副和我们不太一样的眼镜。也许其他人确实戴着平平无奇的眼镜,奥德·瑞门想着,毕竟他的编辑刚刚告诉他,他已经被归入以不同方式看待世界、既聪明又奇怪的人中去了。但他真的属于那里吗?他不是一直都这么做的吗?或者说,他不过是虚张声势,用着俗套的怀才不遇的故事,行事古怪以博取影响力?当他听编辑描述那些对奥德·瑞门的兴趣时,他不是也能听出她声音里的敬意增加了几分?好像连她,与瑞门那么贴近的她,可以说是逐字逐句与他相贴近的那个人,也不能幸免于这种突然的情绪变化。而这一切都仅仅因一件事而起:出于一时冲动,他在即将上台前从采访的现场逃走。现在,她告诉他,她重读了《山》,并对这本他们一起合作完成的书实际上多好感到震惊。奥德·瑞门怀疑,索菲只是在他人赞颂的声音影响下读了他的书,但他什么都没说。

"所以你为什么打电话给我,索菲?"当她停下喘口气时,他问道。

"华纳兄弟联络了我们,"她说,"他们想买下《山》的电影版权。"

"你在开玩笑吧?"

"他们想找泰伦斯·马力克或保罗·托马斯·安德森做导演。"

"他们想要?"

"他们想知道你愿不愿意和他们俩合作。"

我愿不愿意和马力克或者安德森合作?奥德·瑞门想着。《细细的红线》《木兰花》。这两位顶级导演都成功完成过几乎不可能完成的事情,让大众为艺术电影走进影院。

"你怎么看?"索菲的声音带着青少年哼哼唧唧的尾音,仿佛她自己也不相信自己刚才说过的话。

"如果能和他们中的任何一人合作,我应该都会很开心。"他说。

"很好,我会回电话给华纳兄弟,还有——"她停住了。她大概听出来了。

第二条件句。"应该都会"。她曾经向他指出过,这类条件句在口语中缩略是可行的,但落在纸上应该是完整的形式,不过文字编辑之前没看出这处错误。然而,条件句意味着在特定的情形下才会发生。现在她在想条件是什么。于是,他说出答案。

"如果我确实想卖掉电影版权的话。"

"你……你不想卖?"那个哼哼唧唧的尾音已不见。现在她的语气听起来简直不敢相信刚刚听到的话。

"我喜欢《山》现在的模样,"他说,"作为一本书存在。你刚刚也说,最近这本书看起来变得非常好。"

他不知道她有没有听出话里的讽刺。通常她能做到。索菲很擅长聆听,但现在发生的一切让她震惊了,所以他也不那么肯定了。

"你想清楚了吗,奥德?"

"是的。"他说。这是最奇怪的事情。不到一分钟前,他被告知世界上最大的电影公司想要邀请世界上最好的两位导演中的一位来执导《山》的电影版。这不仅能让《山》更出名,也能让过去和现在每一本他写的书更出名。电影改编能让他成为世界级的超级巨星。他想过拿到一个真正的大电影邀约的可能。用"做白日梦"来形容更为准确。因为除了前面提及的性爱场景,奥德·瑞门的小说中没有多少电影化的部分。实际上,他的小说是电影的反面。书里充斥着内心独白,很少有外部事件,也几乎没有传统的戏剧冲突。尽管如此,他之前也想过改编。当然,这仅仅是一种理论上的可能,一个思维实验。他一边看着比斯开湾,一边权衡着想象中的各种意见。查尔斯·狄更斯肯定忍不住高喊着:"可以!可以!"这个演技拙劣的老头肯定会坚持要亲自出演至少一名主角。

曾经的奥德·瑞门,在狄更斯剧院事件之前的瑞门,会说可以,但整件事会给他留下不好的回味。他会如此开解自己:在更符合他理想的世界中,他会拒绝电影改编,让书保持纯净。他想将书留给更有耐心的读者,这些读者不接受简化,会按照他的节奏,以眼睛的速度和成熟的思索,细读每个句子。但世界早已被金钱和空洞的娱乐统治,他那样的书(严肃文学)不能对这样的请求、这种关注说不,因为他有义务去传播文学的语言,不仅仅为了自己,也为了每一个试图言之有物的作家。

好的,这就是他原本会说的话,他会秘密地品味这部电影、这本书和他毋庸置疑的两难抉择带来的关注。

但新的奥德·瑞门拒绝这类虚伪。因为他已经想清楚了,而且现实现在也变得和白日梦没那么不一样。所以他仔细地向震惊的编辑说明这一切。

"我仔细考虑过了，索菲，答案是'不'。我不打算让《山》被删减为时长两小时的梗概。"

"但这本书本身也不长呀。你看过《老无所依》吗？"

奥德·瑞门当然看过那部电影。难怪她会提起，索菲知道他喜欢科马克·麦卡锡，也了解他的想法——科恩兄弟把那篇有着一对一相关性的短篇小说改编得很成功，不同于他能想到的任何电影。索菲还知道，奥德·瑞门也知道那部电影让书传播得更广。在此之前，科马克·麦卡锡是位古怪文豪——而电影也没有让那些文学界的精英降低对他的评价。

"科马克一开始就是把书当剧本写的，"他说，"科恩兄弟自己也说过，他们写剧本的时候，一个人举着打开的书，另一个从上头抄句子。这在《山》这里是行不通的。总之，我新书正写到一半呢。现在我得挂了，我要继续去写作。"

"什么？奥德，别……"

奥德·瑞门在卢浮宫外排队时，看见埃丝特·阿博特从里面走了出来。她似乎想假装没看见他，但她惊讶的表情出卖了她。

"所以，我们又见面了。"她说。她正挽着个男人，还把他拉近了些。似乎是看见奥德·瑞门就足以提醒她，如果她不好好看着身边人，这些男人都可能会突然消失。

"我很抱歉，"奥德·瑞门说，"我一直没找到机会道歉。"

"一直没机会？难道有什么人或事让你不能这么做吗？"

"不，没有这样的事。我道歉。"

"也许你应该把道歉留给那些过来听你采访的人。"

"确实，你是对的。"

她看上去不错。比他记忆里在剧场时要更好。他想着也许是那时她太专注于工作了。过于亲切的态度无法激起他的引诱之心,就像是猎物在装死,等着捕食者丧失兴趣。但她现在站在这里,有着夏天日晒后的健康肤色,一点恼怒,以及风吹起的头发和手里挽着的男人,简而言之,她变得非常有吸引力,吸引力大到瑞门都觉得,当她在看见他时自动拉近身边的男人这件事很奇怪。事情实在不应该如此发生,应该是男性在遇到同年龄的其他男性时隐秘地标记自己的地盘。而现在瑞门因为《纽约客》的一篇文章,社会地位很可能变得更高了。

"我能给你们俩买杯酒表达一下我的歉意吗?"奥德·瑞门问道。他用问询的眼神看着那个男人,对方似乎正在找一个礼貌的方式拒绝他,而埃丝特·阿博特说,她认为这主意听上去不错。

她的男伴微笑着,就像踩到了图钉。

"也许之后再说,"他说,"你正要排队进去看展,卢浮宫又那么大。"

奥德·瑞门研究着这对不般配的情侣;她明媚、阳光,眼里像太阳般闪光;他黑暗、沉重,有如气象里的低压槽。为什么一个有吸引力的女人会爱上这么没有魅力的男人?她难道不知道自己价值几何吗?她应该知道。他看得出来。但埃丝特拉近她的男友(还是丈夫、爱人?),似乎是要告诉对方,瑞门不是一个需要被视为威胁的人。这件事让瑞门大受打击。为什么她的爱人需要这样的安慰?难道是她有混乱的过去,曾经多次出轨?还是他们俩聊起过瑞门,这个神秘莫测的作家?埃丝特是不是曾无意间向身旁的男人暗示过,他有理由害怕和奥德·瑞门的竞争?瑞门看见那个男人混杂着恨意和恐惧的眼神,这就是背后藏着的东西吗?

"我经常去卢浮宫，值得看的藏品几乎都已经看过一遍了，"奥德说，他以友善、平静的眼神回应对面的男人，"来吧，我知道一个地方有上好勃艮第葡萄酒。"

"太好了。"埃丝特说。

他们去了那家餐馆，甚至还没等到第一杯酒上桌，埃丝特就开始问问题，奥德怀疑这些问题都来自那场从未开始的采访。奥德是从哪里得到灵感的？他和基于自己创作的主角间有多少差距？性爱场景是来自自身体验，还是纯粹的幻想？在问到最后一个问题时，奥德看见那个男人的脸抽搐起来。（原来他的名字叫瑞安，在驻巴黎的大使馆工作。）奥德回答了，但没即兴发挥，或者像他平日那样开玩笑（通常很成功），去"表演"他的答案。他确实会"表演"。在恰当的时候，他把话题引回到埃丝特和瑞安身上。

瑞安似乎有意不透露他在大使馆的工作涉及的具体内容，这样做显然是在暗示那是需要保密的重要工作。于是，他聊起国际外交的技巧是如何受到心理学家丹尼尔·卡尼曼对"启动"的研究的——根据这个研究，你可以用非常简单的方法把想法不知不觉地植入你对手的脑中。如果你给人们展示一张写有"EAT"（吃）和"SO_P"的海报，让他们填空，多数人都会写"SOUP"（汤）而不是"SOAP"（肥皂），尤其和那些之前没有被展示含有"吃"字海报的对照组相比较。

奥德看得出来，瑞安费了九牛二虎之力想要变得有趣，但因为他端出来的流行心理学实在是老掉牙，奥德便将注意力转向埃丝特。她说起她现在住在伦敦，做特约文化记者，但她和瑞安继续尽他们可能地频繁相见。奥德注意到，她这话更多是说给瑞安听的。也许她的潜台词是这样的：你听到了吗，瑞安？我把事情描述得像是我们之间的关系仍激情四射，我们都希望能把时间花在对方身上。满意了吗，你这无趣的失败者？

奥德猜想，这一切不过又是一场"奥德·梦想家"的短途旅行。不过，也许他的猜测也没错得太离谱？

"你为什么停下来了？"在侍者倒第三杯酒时，埃丝特问道。

"我没有。现在我比之前写得更多。我希望，也写得更好些。"

"你知道我指的是什么。"

他耸耸肩。"所有我要说的都写在书里。剩下的不过是分心之事和自吹自擂。我本人是个悲惨、可怜的小丑。把我作为人的一面暴露出来对我的作品没有好处。"

"不，看起来正相反，"埃丝特说着，举起了酒杯，"似乎见到你的人越少，你被提起的次数就越多。"

"我希望你是在说我的书。"

"不，我说的是你，"她的眼神在他身上停留得有点久了，"因为谈到你，自然也聊起了你的书。你正在从奇怪作家变成主流的奇怪作家。"

奥德细细品味着酒。以及这种对他的描述。他舔舔嘴唇。嗯。已经可以感觉到他自己想要更多。更多的一切。

当瑞安去卫生间时，他身体向前，把手放在埃丝特的手上。

"我有点爱上你了。"他说。

"我知道。"她说。但他觉得她不可能知道，因为直到这一刻之前他才知道。或者说，也许是他——不像她——只是到此刻才意识到这一点？

"如果只是酒的作用呢？"他说，"或者是因为瑞安坐在身旁，让你显得遥不可及？"

"这又有什么区别呢？"她问道，"如果只是因为你很寂寞，或者只是因为我恰巧长了张对称的脸？我们陷入爱情的理由很无趣。但这也不会让坠入爱河的愉悦减少半分，不是吗？"

"也许不是。你爱上我了吗？"

"为什么我应该爱你？"

"我是个著名的作家。这理由是不是无趣得可以？"

"你是一个几近成名的作家，奥德·瑞门。你不富裕。你在我最需要你的时候离开了我。而且我感觉，如果有机会，你还会这么做。"

"所以你爱上我了？"

"在我遇到你之前就爱上了。"

他们举杯同饮，没有再把视线从对方身上移开。


"这也太惊人了，"索菲几乎是对着电话喊道，"史蒂芬·科尔伯特！"

"他很出名吗？"奥德·瑞门往后靠，那把不结实的木椅子警告性地发出嘎吱声。他看向屋外的老苹果树，他妈妈声称她还记得它结满果实的样子。从比斯开湾吹来的大西洋海风凉爽宜人，空气中弥漫着无人打理的荒野花园和大海的气味。

"出名？"奥德·瑞门的编辑大口喘着气，"他已经超过了吉米·法伦！你被邀请去上地球上最大的脱口秀节目，奥德！"

"因为……？"

"因为《山》的电影改编。"

"我不明白，我不是拒绝了电影改编吗？"

"正是如此！社交媒体上，所有人都在讨论这件事，奥德。每个人都在赞扬你的正直。一个男人坐在一座快要垮掉的法国老房子里，写着一本与一切都无关的书，这书不会被拿出去卖，而且他以写作之名，拒绝在世界范围内出名的机会，以及随之而来发臭的钱财。此刻你就是全世界最酷的作家，你还没意识到吗？"

"没有。"奥德·瑞门撒了谎。因为他自然充分意识到，在查尔斯·狄更斯剧场那晚的事情后，他选择的毫不妥协和表面上苦行僧式的生活，虽不是百分之百，但也有很大概率会让事情向着现如今的情况发展。

"让我想想。"

"节目下周才录，但他们今天就需要答复。我给你订好了回纽约的机票。"

"我会再联络你的。"

"好的。顺带一提，你听上去很开心，奥德。"

停顿片刻，奥德想知道她是否不经意间明白了他的真实感受。胜利。不，不是胜利，因为那暗示着他有意追寻着某个目标。但他追求的仅是把事情安排妥当，这样他就能诚实地写作，而不需要担心任何人、任何事，更不用担心所谓名声。

和过去也没什么差别。他最近从神经内分泌学家罗伯特·萨波尔斯基的作品中读到，仅仅是走上往日最爱的酒吧所在的那条街，酒鬼大脑中的奖励中心都会被激活——尽管他已无意再酗酒，但过去那种对获得酒精的期待会让多巴胺释放出来。这是不是他身上正在发生的事？是不是只要想到世界性的关注正聚焦于他身上，就已经让他颈背上的毛发竖立？他并不确定，但也许是一想到自己又要重蹈覆辙的恐慌，让他握紧手机，说出了那个冰冷、困难的"不"。

"不？"索菲重复道，从她声音里微微的疑惑中，奥德意识到，索菲以为他的"不"针对的是那句"你听上去很开心"。

"不,我不会上那个脱口秀。"他说得更明确了。

"但……你的书。奥德,说实话,这是个向世界昭告它的存在的绝佳机会。真实的文学仍然存在。你得去做这件事!"

"如果我真的这样做了,那我将背叛我发过的誓。我会打破沉默,也会背叛所有那些——据你所说——因我的正直而赞扬我的人。我可能会再次变回小丑。"(他注意到自己又用了条件句。)

"奥德,首先你没有背叛任何人。你只对自己许下了沉默的誓言。至于说自己是小丑,那只是你的虚荣心在作祟,而不是一个以文学为天职的人的回答。"

编辑的语气里有奥德·瑞门从没听过的辛辣。好像她就要受够这件事了。已经受够了。她压根不相信他说的都是真心话。他,带着查尔斯·狄更斯的态度,已经变得比狄更斯还要狄更斯。是这样吗?他只是在扮演一个有原则的艺术家吗?好吧,是,也不是。萨波尔斯基说过,他的前额叶负责做深思熟虑的决定,这部分的他大概是诚实的。但伏隔核呢?那里是快感中心,以喜悦和即时回报为第一要务。如果这两部分分别是天使与恶魔,在他肩膀两侧对着他耳语,那想知道他正在听哪边的话,哪边才是他真正的主人,就不是一件容易事了。奥德能确定的是,那天晚上离开剧院时,他是诚实的。但在他发现自己坚定的抵抗态度被大众所推崇,带来了完全相反的效果之后,事情是不是有了变化?他是不是成了那种牧师——因发誓禁欲,吊诡地成了一种性爱符号,而暗地里——可能他自己都不知道——其实也很享受呢?

"奥德,"索菲说,"你得向着光这边,你听懂了吗?向光而行!而不是朝向黑暗。"

奥德咳嗽了一声。"我有本书要写。告诉他们这件事，索菲。确实，你说得对，我很快乐。"

他挂了电话。感到一只温暖的手触摸他的脖子。

"我太为你骄傲了。"埃丝特坐在他身边的花园椅上，说道。

"你真这么觉得吗？"奥德转过身，吻她。

"在每个人都在追逐点击量和点赞数的时代，我当然感到骄傲呀，"她把手伸向天空，像猫一样伸了个懒腰，"我们今晚进城吃饭还是就在家吃呢？"

奥德不知道谁应该为泄露他拒绝《山》的电影改编的消息负责。是索菲吗？还是他自己应该间接负起责任？毕竟，他和几个嘴巴不严的人也提过这件事。

当晚去睡觉时，他想起索菲说的向着光那边。那不是句说给将死之人听的话吗？是不是在他们到达生死的另一边时，会看到一道强光，就得向着那个方向迈步？奥德想，就像飞向花园里的灯的蛾子，在下一刻翅膀就会被烧焦。他还想到了别的事情：索菲是不是在说，作为一个作家，他正在迈向死亡？

秋天来了，随之而来的是奥德·瑞门创造力的枯竭。

他听其他作家说过创作的瓶颈期，但他自己从没相信过。至少不相信这会发生在他身上。他可是奥德·梦想家。产金蛋的鹅。不管他喜不喜欢，故事总是能从他身上掉出来。所以他认定这瓶颈是会过去的，并抓住机会多陪陪埃丝特。他们经常一起散长长的步，讨论文学和电影。他们还驾着奥德的旧奔驰去了好几次巴黎，参观卢浮宫。

但几周过去了，奥德仍然无法写作。他头脑里一片空白。或者更甚，他脑袋里塞满了各式各样、不能构成优秀文学的东西：美好的性爱、美食、美酒、美好的交谈，以及真正的亲密关系。他开始产生怀疑：这难道是幸福的错吗？幸福是不是让他丢失了那种不顾一切的勇气，此前正是凭借这样的勇气，他探索那些黑暗的角落，并从那里发回自己的报道？比那种轻快的幸福更糟糕的是平静的安全感。每一天都有同样的感觉：只要他和埃丝特还拥有彼此，就没有其他重要的事。

他们有了第一次争吵。关于她做家务的方式。东西应该放在哪里。都是些琐事，那些他此前从未感到过困扰的事情。但对她来说，这足以让她收拾行李。她说她准备回伦敦，和父母待上几天。

奥德觉得这是件好事。现在他要看看，这是不是个足以让奥德·梦想家再次出现的机会。

周日的早晨，他离开书房，搬到了枯苹果树下的花园桌子上，接着再换回室内，到餐桌上写作。没有用。不管他费多少力气，也只能想出几个毫无意义的句子来。

他曾考虑打电话给埃丝特，告诉她他爱她，但没这么做。相反，他问自己，是否愿意拿幸福和埃丝特来交换再次写作的能力。

也许那个答案并没有让他感到吃惊，只是他回答的速度快得让他难以置信：是的，他愿意做这笔交易。

他爱埃丝特，而此刻痛恨写作。但他能够活在没有埃丝特的世界里。可如果没有写作，他会死去，会凋零，会腐烂。

他听到了开门的声音。

埃丝特。她一定是改变了主意，搭更早的火车回来了。

但听脚步声，奥德知道这不可能是她。

有人站在客厅的门口。长且敞开的雨衣下，一身西装。一头黑色头发，汗湿的额发贴在了脑门上。那人气喘吁吁。

"你把她从我这里偷走了。"瑞安说道,声音嘶哑、颤抖。他向前走几步,举起右手。奥德看见瑞安手里有枪。

"就因为这个,你想杀我?"奥德问道。他有点惊讶自己的问句是那么平静,但他只是在说出自己脑袋里想到的句子。实际上,比起害怕,他更多感到的是好奇。

"不,"瑞安说,把手枪掉转方向,伸到奥德面前,"我要你自己动手。"

奥德依然坐着,接过手枪,低头看了看。一长串数字被刻在黑色金属的枪管上,让他想到了电话号码。现在他安全了,他反倒产生了一种更奇怪的感觉。威胁来去得如此之快,他感到有些失望。

"你的意思是,像这样?"奥德问道,把枪口对准自己的太阳穴。

"就是这样。"瑞安说。他的声音依然颤抖着,眼神呆滞,让奥德不禁好奇他是不是正处在某种药物的影响之下。

"你知道就算我消失,你也没法让她回到你身边吧?"奥德说道。

"我知道。"

"所以为什么要让我消失?这不合逻辑。"

"我还是希望你自杀,可以吗?"

"如果我拒绝呢?"

"那么你就得杀掉我。"瑞安说。瑞安的声音不再只有嘶哑,而是因流泪而哽咽。

奥德缓缓点头,一边说道:"所以我们中有一个必须得死。这是否意味着,你不能忍受活在有我存在的世界中?"

"你随便射杀我们中的一个,把这事了结了。"

"还是说,你希望我杀掉你?这样,埃丝特发现这一切之后,她就会离开我。她会日思夜想,想你回来,你成了她触不可及的人。"

"闭上你的嘴,做你该做的事!"

"如果我拒绝呢?"

"那么,我会杀掉你。"瑞安把手伸进他的外套,掏出了第二把黑色的枪。那把枪上的涂料异常暗淡。他紧紧握住扳机,瑞门能听到像是塑料开裂的声音。随后,他把枪指向奥德,奥德同时举枪,扣下扳机。

一切都发生得很快。非常快。快到,事后奥德的辩护律师能够(条件句)有机会让陪审团相信,只有大脑中负责快速反应的杏仁核——它让人在短时间内选择战斗、逃跑或者僵住——该为这一枪负责。前额叶——那个会说"嘿,等一等,仔细想想"的部分——则没有任何机会参与其中。

奥德·瑞门从椅子上站起来,走到瑞安身边,低头看着他。看着这个埃丝特的前男友。看着这个前一分钟还活着的人类。看着他的前额右边的弹孔。还有他身边的玩具枪。

奥德弯下身子,捡起那把玩具枪。它轻得几乎像没有重量,枪底部有不少裂痕。

他能够跟陪审团解释,但谁会信?那个死掉的男人,把他手上的真枪交给瑞门,并拿着一把坏掉的、无法造成任何伤害的假枪威胁他?也许他们会相信,也许不会。当然了,爱情带来的痛苦能让人疯狂,但一位饱受信任的、为英国外交服务的工作人员不可能有反常行为或心理疾病。不,如果辩护说是瑞安故意诱导奥德杀死自己来进行高尚的报复似乎过于牵强,陪审团里的男男女女并不会买账。

但奥德又想到了另一件事:这件事会轰动一时。许多传说会随之产生。作家在三角恋中向情敌拔枪。但这种想法至少有机会被前额叶处理。嗯，当然，它也在前额叶中烟消云散。

奥德走到门边，朝外看。一辆他不认识的标致车停在大门外头。奥德的邻居都住得很远，几乎不可能听见他的客厅传出的枪响。他走回尸体附近，在瑞安的大衣口袋里掏出车钥匙、手机、钱包、护照，以及一副墨镜。

在接下来几个小时里，奥德在花园里挖坑，把瑞安埋了进去，就埋在最大的那棵苹果树下头。奥德经常把他的桌子摆在那里，用来工作或和埃丝特一起吃饭。他选这个地点，并不是因为他是个变态，而是因为那块地早就被踏得够多，它光秃秃的也不会有人觉得奇怪。他在他们的庄园里见过几次狗，但都是在花园的外围，那些狗从不冒险靠近房子。

天空开始下起小雨，埋好尸体时，他的衣服已经又湿又脏。他冲了个澡，把换下来的衣服放进洗衣机，刷干净客厅的地板，等着夜晚降临。

当天彻底变黑后，他穿上瑞安的外套，戴上他的墨镜。他戴上自己的手套，还戴了顶他在埃丝特的抽屉里找到的深色帽子。他将一件便携雨衣塞进外套口袋中，走出门。

沉浸在一种莫名的兴奋中，他开着瑞安的标致车去了六公里外韦莱的悬崖顶。白天，尤其是周末的白天，那里经常有人在游玩。但天黑前人们就会离开。而且下雨的时候，奥德从没见过那附近有人逗留。他把车留在停车场，向上走几百米，到达瞭望点。他站在悬崖的边缘，俯视下面的海水拍在岸上，变成白色泛着泡沫的碎浪。他把瑞安的手机拿出来，扔进了海里，看着它悄无声息地消失在黑暗中。接着，他从外套口袋里取出雨衣，并小心地确认车钥匙、护照和钱包还在外套的另一个口袋里。他脱下外套，叠整齐，放在地面显眼处，压上防风的石头。

而后，他穿上雨衣，向家的方向走去。走着走着，各种想法在他脑子里来来去去。在内心深处，在他开枪时，他是否已经知道瑞安手上拿的是玩具枪？如果是这样，为什么他仍然扣下了扳机？他的大脑真的没时间考虑其他选择吗？如果他没有开枪，事情会如何发展下去？瑞安的下一步行动会是什么？他会直接袭击他吗？如果是这样，奥德可能还是会开枪。但他是不是就没法找借口，说自己是在生命受到威胁的情况下扣动扳机的？

奥德到家已经十点了。他给自己泡了杯咖啡，接着坐在电脑前，开始写作。他写个不停。直至午夜，他回到现实世界，听见门响。

"嘿。"她站着说道，像是在等待什么。

"嘿。"他说着，走向这个他深爱的女人，并吻了下去。

"嗯，你好，"她轻轻说着，把手放在他的裆部，"看来你的确一直在想我。"

警方毫不掩饰他们将瑞安·布隆伯格的失踪看成自杀这件事。这不仅是因为他们找到的线索和旁证都指向这个方向，还因为瑞安的密友和家人都谈到了他与埃丝特分手后的绝望，以及他是如何提起自杀的念头的。他近期买了一把黑克勒-科赫手枪，并选择在与埃丝特和她的新欢奥德·瑞门同居处相距不远的地方自杀，进一步加强了自杀的推论。

在案发的那个周日，埃丝特一直在伦敦，而且很晚才回家，而奥德·瑞门一直在房子里。他告诉警察，此前他看见一辆标致车停在大门外，他好像看见里头坐着的是个男人，并推测他在等人。警察说，这与他们追踪到的瑞安·布隆伯格的手机移动轨迹相符。地方基站的信号显示，瑞安（瑞安的手机）在天刚亮的时候就离开巴黎，向西移动，并在瑞门的房子附近停留了几个小时，他的信号最后出现的地方则在韦莱的悬崖附近。

所以警方对这场失踪的调查仅限于简短而紧张的搜索，而且鉴于这个区域有着非常强的洋流活动，没有任何人对警方没有找到尸体这件事感到意外。

犹豫再三，埃丝特还是没去参加在伦敦的悼念仪式。她担心自己的出席会让瑞安的一些朋友和家人难受，他们认为瑞安的死是她的错。她把这个决定告诉布隆伯格一家，并说自己会迟些再拜访致哀。

奥德·瑞门的写作热情再度焕发。做爱的热情也如此。

"让我们为这美好的一天再喝上一杯。"在太阳西沉进红色、橙色和淡紫色的光芒中时，他会这么说上一句，并下到地窖，拿出一瓶尘封已久的苹果酒。偶尔，他会经过那个小小的、不再有人使用的壁炉。它藏身在地窖最黑、最远的角落。他会打开壁炉门，把手探进去，感受那把黑克勒-科赫传来的金属寒意，用手指拂过枪管附近的那串数字。

\*

"我怀孕了。"埃丝特说。

她站在厨房的窗边，手里拿着一个苹果，望向窗外的比斯开湾。天色铁青，白浪翻涌，又有一场冬季风暴即将来临。

奥德放下笔。他从今早开始就一直在写作。现在距离截止日期已经过去了好几周。但他能够继续写作，这才是最重要的事情。而且他写得不错。实际上，是写得真他妈好。

"你确定？"

"非常确定。"埃丝特把手放在肚子上，仿佛她已经可以感觉到孩子在长大。

"嗯，这可真是……"奥德斟酌着用词。突然间，他的写作障碍又回来了。他知道有且仅有一个对的词。情境就像是螺丝，有且只有一个螺母与之对应。只是你要花足够长的时间，翻箱倒柜找到它。最近几周，词语不断涌出，纷纷展示自己，甚至无须他认真看清；而现在，他脑海里漆黑一片。是不是该说"棒极了"？不，怀孕是件稀松平常的事情，几乎所有健康的人类女性都可以做到。"好"呢？这听上去像是有意淡化这件事，里头还有点讽刺意味，会让人怀疑这句话是否出自真心。在他们同居的这九个月里，他和埃丝特说过，他的作品就是一切；他不希望有任何事阻碍他的写作进度。甚至她也不行，哪怕他爱埃丝特胜过世上一切（更精确地说，是世上一切其他女人）。"一个灾难"？不，他知道埃丝特想要有小孩。即使她从没明说，他们也心照不宣地认为，他们不会共度余生。某一天，她将会另找一个可以成为她孩子的父亲的人。现在她可能不需要给孩子再找父亲了，她是个独立女性，也可以成功地做个单亲妈妈。所以说"麻烦"大概是可取的，但这不会是"一个灾难"。

"嗯，这可真是……"奥德重复道。

他是不是怀疑她是故意怀孕的呢？她忘了按时吃避孕药，是不是对他的考验？如果是这样，那这个考验有效吗？实在是太有效了。奥德·瑞门惊奇地发现，如果说他没有立刻感到幸福，至少也感到了欣悦。一个孩子。

"这可真是什么呢？"她终于开口发问。很明显，在这个问题上，他也错过了回答的截止时间。奥德站起来，走到她所在的窗边。他双手环抱埃丝特，看向窗外。在持续十二年不产果之后，这棵树突然又挂满了苹果。当他们把红彤彤的大苹果从树上摘下来搬到厨房的时候，埃丝特问过这株枯木重生的原因。奥德回答说，也许它的根系得到了比平时更多的营养。奥德看得出她准备继续追问他这句话的意思，但老实讲，奥德也不知道她如果问下去，他会怎么回答。但她没再多问。

"这可真是个奇迹，"奥德·瑞门回答道，"怀孕，孩子，这可真是奇迹呀！"

奥德·瑞门拒绝了世界上最大的脱口秀邀请的这条新闻，也被人们讨论了一段时间，但在瑞门看来，它的效果并不及《纽约客》的那篇文章，以及他对电影改编的拒绝。就像是大家已经接受《奥德·瑞门：遁世之人》这个故事，而这个最新消息不过是同一个故事的又一个版本。

奥德之所以能够得出这样的结论，是因为他又开始使用社交媒体，并且重新追起新闻来。他告诉自己这都是因为他，一位准父亲，必须摆脱此前自己那种孤岛状态，重新与世界相连。他也是这么对埃丝特说的。

他陪埃丝特去了伦敦。此前，她在那里接到了一个项目，需要找出并采访在文学、电影和音乐领域最有影响力的女性声音。他们住在一个拥挤的小公寓里，奥德渴望回到法国。

每天，埃丝特离家去工作之后，奥德会坐下来，搜索网上对他的评价。日日皆如此。起初，人们对他的兴趣之大，或者说，人们的时间之多，深深震撼了他。他们不仅逐字逐句分析他的写作，还分享有关他最近住在哪里，和谁在一起的新闻（奥德可以确信，这种新闻百分之九十都是纯虚构的）。他们还会讨论他的私生子和他的秘密情人、他服用的药品、他潜在的性取向，以及他书中的哪个角色才是真的他。奥德不得不承认，这些胡言乱语让他很开心。是的，甚至是那些批评的话，将他视为自大、摆出难以接触的姿态以求成名的艺术家的断言，都让他感到……该用什么词形容？"活着"？不。"相关"？也许。"被注意到了"？是的，应该是最后这个。他不得不承认，他并没有那么复杂，这让他显得平庸，甚至让他沮丧。他强烈渴望着关注，尽管他么鄙视别人这样做。他像个被宠坏的孩子，无休止地恼人哭闹，高喊着："看我，看着我呀！"但人们若是真的看过来，也只能看到他那膨大的自我。

但这些反思和这种自知之明（我们应该这样叫它吗？）并没有让他停止搜索。他告诉自己，为了新书的出版，他需要了解他在世界上的位置。因为这本新书不仅是他迄今为止最好的一本书——他早就知道这件事了——而且也是——他最近才有了这个新的认知——他的传世之作。这是他所有小说中唯一有传于后世的长久价值的。正因为它是传世之作，自然也就要求颇高。他费了大量心血去写，读者也需要花大力气去阅读。作家奥德·瑞门不会不知道，伟大的文学作品可能会让读者精疲力竭，就拿他自己来说，他也一度想要放弃詹姆斯·乔伊斯的《尤利西斯》和大卫·福斯特·华莱士的《无尽的玩笑》。但读完《无尽的玩笑》后，这本书变成了他最喜欢的小说，他知道自己也得做到同样的事：目标明确，不能有任何偏差。成就传世之作，必须有合适的背景。只有上帝知道，有多少传世之作被错过、遗忘，或者因为没人发现它，甚至没机会被人遗忘。世界上每天有数以万计的书被出版，而有些传世之作就被埋在图书的雪崩之下。所以，为了知道自己在这种环境中处在什么样的位置,奥德·瑞门开始在社交媒体上以时间顺序浏览过去几年与他有关的所有消息。他注意到,有关他的推特、提到他名字的文章和新闻报道的数量在过去一年明显减少,而且大部分报道只是老调重弹。此外这些报道也没有太多人关注。

现在,这本书可以再过四个月交稿(合同是五个月后到期),他前往位于沃克斯豪尔桥路的出版社,跟出版商开会。会上,奥德·瑞门和索菲以及她那位非常年轻的同事(名字是简,奥德想不起她的姓)讨论了新书首发的事宜。

"坏消息是,这本书肯定会非常难推。"简说,就好像这是件人尽皆知的事情。她推了推明显过大,但估计是现今流行风格的眼镜,露齿而笑。

"你这是什么意思?"奥德问道,希望他听起来没有内心那么恼怒。

"首先,这本书的内容几乎没法被概括进两三个句子里。其次,很难突破特别喜欢文学的人和你常规的读者,去找到更广大的目标受众。而那些爱好文学的人和你的常规读者其实是同一群人。而这个群体,不管怎么说,都……"她和索菲交换了一下眼神,"非常小众且排外。"

她深吸一口气,奥德意识到还有第三个点。

"第三,这是一本非常黑暗的书,且言之无物。"

"言之无物?!"奥德抗议道,对于写作风格黑暗这件事他没有任何意见。

"还很反乌托邦。"索菲补充道。

"书里几乎没有角色,"简说,"至少没有读者能与之产生共鸣的角色。"

奥德·瑞门意识到她们俩此前已经讨论过这本书。至少,他很高兴她们没有抱怨在这本新书(《空》)里缺少他标志性的性爱场景描写。他耸耸肩,说道:"这本书就是这样。你们要么接受,要么放弃。"

"好的。但我们在这里讨论的重点是,如何让读者接受。"索菲说。奥德现在听出了她言外的尖锐。

"好消息是,"简继续往下说,"我们有你这个作者。媒体对你感兴趣。唯一的问题是,你有没有准备好为这本新书公开露面?"

"难道索菲之前没有跟你说过吗?"奥德·瑞门问道,"我不露面,这本书才能被推广出去?不管怎样,现在那就是我的形象。"他把所有的厌恶都甩在了"形象"这个词上,"我很确定销售部不想损害这个形象,毁了作者的卖点,不是吗?"

"沉默有用,"简说道,"但只会持续一段时间。接着沉默会变得无聊,适得其反。试着这么看:沉默已播下种子,我们现在得收获什么。所有报纸、杂志都会希望排在采访你的队伍中最前面,得到关于那个停止说话的男人的第一份独家专访。"

奥德·瑞门思考着她刚刚说的话。她的用词有点古怪,里头隐藏着矛盾。

"如果我怎么都得出卖自己,为什么还要弄成独家?"他问道,"为什么不卖个彻底,谁来都可以?"

"现在没那么多专栏了。"索菲小声说道。她和简肯定把各种可能性都讨论过一遍。

"那为什么不上脱口秀呢?"他问道。

简叹气道:"每个人都想上脱口秀,除非你是电影明星、体育健将或真人秀明星,否则这非常非常困难。"

"但史蒂芬·科尔伯特……"现在奥德·瑞门希望她们不要注意到的已不是他语气中的恼怒,而是痛苦。

"一时归一时,"索菲说,"机会的门开开关关,这就是世界运行的法则。"

奥德·瑞门坐直,扬起下巴,盯着索菲:"我想你应该明白,我是出于好奇心才问你的,而不是因为我想找机会做回那个受媒体关注的小丑。让那本书自己发声吧。"

"你不能既要吃蛋糕,又要把蛋糕留着以后吃,"简说,"你不能既要做酷的先锋,又要大众都来阅读你的书。在我们决定营销预算前,我们需要知道哪部分对你来说更重要。"

奥德·瑞门缓缓地、几乎是不情愿地转过身,面对着她。

"还有一件事,"他记不得姓的简说道,"《空》是个差劲的书名。没有人会买一本什么都没说的书。现在还有时间改书名。市场部建议改为《孤独》。它虽然还是黑暗向的,但至少读者有东西可以共情。"

奥德·瑞门回头看了看索菲。索菲脸上的表情仿佛在说,她为瑞门感到遗憾,但简的话是对的。

"不改书名。"奥德·瑞门说着,站起身。压抑怒火让他的声音颤抖起来,而这让他变得更加愤怒,他决定以喊叫来释放这股怒火,"这个书名也会告诉你们,我打算为这操蛋的商业媒体马戏团贡献多少?去他们的,去他……"

他没等这句话说完就离开了房间,走下楼梯,因为电梯未必能及时到,那可能会毁了他的退场。他经过接待处,走出大楼,来到沃克斯豪尔桥路上。天在下雨。该死的垃圾出版社。狗屎一样的城市,狗屎一样的人生。

他在人行灯变绿时穿过马路。

狗屎人生？

他正准备出版自己写得最好的一本书，即将成为父亲，有一个爱他的女人（也许已经不像他们最开始在一起的那些日子时那么外露，但每个人都知道怀孕时的荷尔蒙紊乱会对女人的情绪和欲望造成多大影响），而且还做着一个人能拥有的最好的工作：表达对自己来说重要的事，被聆听，被看见，被——阅读，天哪！

这就是她们想从他那里夺走的东西。夺走他生命里唯一的东西。因为那是唯一重要的。他可以假装生活里其他的部分很有意义。埃丝特、孩子、他们共同的生活。当然，这些都有意义。只是不够有意义。不，真的不够有意义。他两边都要。既要吃下蛋糕，又要保留蛋糕。吞下今天，吞下明天。沉迷于药物过量，他需要结束这狗屎的人生，就现在。

奥德·瑞门突然停下来。他站在那里，直到人行灯变成红色，道路两边的汽车都开始发动引擎，像是准备进攻的猛兽。

奥德突然意识到，故事可以在这里画下句号。对传说故事而言，这不是个坏结局。很多在他之前的伟大作家都选择了这样的结局。大卫·福斯特·华莱士、爱德华·勒维、欧内斯特·海明威、弗吉尼亚·伍尔夫、理查德·布劳提根、西尔维娅·普拉斯。这名单还没完。它很长。也很可观。死亡很畅销。戈尔·维达尔在同时期的作家杜鲁门·卡波特去世时，把死称作"职业生涯的绝妙行动"，但自杀更畅销。如果尼克·德雷克和科特·柯本没有自杀，现在谁还会下载他们俩的歌呢？难道他从未有过这样的念头吗？当瑞安·布隆伯格叫他射死他们中的一人时，这个想法不是从他脑海一闪而过了吗？如果这本书已经写完……

奥德·瑞门走入车流。

他听到人行道上站在他身旁的那个人的喊叫声,但这喊声立刻没入嘈杂的交通噪声中。他看见车流如墙壁般逼近。这就对了,他想。但不应该是这里,不应是这种情况,在乏味的交通事故中丧生只会被认为是他运气太差。

杏仁核选择逃跑,在车流闪过之前,他已冲到人行道对面。他没有停下,而是继续跑着,穿过伦敦拥挤不堪的人流,撞向一个个路人。有人用英语粗口问候他,他也用法语粗口回骂,还骂得更凶。他穿过街道、桥面和广场,爬了许多级台阶。跑了一小时后,他终于回到那间狭窄、潮湿的公寓。汗水打湿他的衣服,甚至连外套都湿了。

他坐在餐桌边,用纸笔写下告别的句子。

那只花了他几分钟时间,这段话他此前对自己说过太多次,不用再斟酌用词,不必再删改段落。在那一刻,灵感又回到了他身边。在埃丝特进入他的生活后,他已丧失了这种灵感。杀掉瑞安后,灵感失而复还。埃丝特怀孕后,他几乎又失去了它。在他把遗书放在厨房台面上的时候,他突然意识到,这是他写过的唯一接近完美的东西。

奥德·瑞门收拾好不多的行李,打车去圣潘克拉斯站,在那里,每小时都有一班开往巴黎的特快列车。

老房子安静又沉默,正等待着他。

他走进去。

一切都安静得有如坟墓。

他走上楼,脱下衣服,冲澡。他想到瑞安在客厅地板上的死状,便去了厕所。他不希望自己被发现时裤子里都是屎尿。接着他换上自己最好的西装,在查尔斯·狄更斯剧场之夜时他穿的那套西装。

他走向地窖。地窖满是苹果的味道。他站在地窖正中，天花板上的荧光灯忽明忽暗，像是无法下定决心。

当灯最终亮起的时候，他走向壁炉，打开炉门，取出手枪。

他在电影里看到过，书里读到过，甚至在初中时，还亲自朗读过哈姆雷特的自杀之思（生存还是毁灭）。当然，他朗读得非常糟糕。那种犹豫、疑虑，内心独白拖扯着你，在两条路中来来去去。但奥德·瑞门不再有这样的疑虑。这条路，或那条路，所有的路都通向一处，这就是正确的，也是唯一的结束方式。它如此正确，以至于完全不让人悲伤，甚至走到了悲伤的反面。讲故事的人的最终胜利。把枪放在笔所在之处。让那些所谓作家继续坐在台上吧，他们沐浴在听众廉价的爱里，对自己说谎，对在场的所有人说谎。

奥德·瑞门打开枪的保险，把手枪对准太阳穴。

他甚至可以看见头条新闻的标题。

紧接着，是他的书的历史地位。

不，《空》，这本小说的地位。

就像这样。

他闭上眼睛，把食指按在扳机上。

"奥德·瑞门！"

是埃丝特。

他没听见她进来的声音，但现在她在呼唤他。距离很近，也许她在楼上的客厅里。而且很奇怪，她叫着他的全名，好像她想要全部的他走上前，展露自我。

奥德开枪。爆裂的声音像是火焰在咆哮。他的感官似乎放慢了时间，他能听到点火和随后火药燃烧的慢动作的声音，像是掌声达到顶峰。

奥德·瑞门睁开眼。至少，他认为自己睁开了眼睛。而后，他看见了。

他看见了光。

向光而行，索菲这样说过。在写作的这些年里，他聆听、信任的编辑是这样说的。

接着他走向光。它让他目盲。他在光芒背后的黑暗里没有看到任何人，只听到那嘈里啪啦的掌声越来越响。

他微微弓身，坐在埃丝特·阿博特身边的那把椅子上。几分钟前，他在化妆间注意到，这位记者尽管行事匆忙，甚至举止有些男性化，却有着非常温柔的眼睛。

"让我们直奔主题吧，瑞门先生，"埃丝特·阿博特说道，"我坐在这里，手里拿着一本《山》，它也是我们今天讨论的主题。但先让我问问你：你认为你还有可能再写出一本这么好的书吗？"

奥德·瑞门扫视观众席。他能看清第一排坐着的几张脸孔。他们盯着他，有些人微笑着，仿佛他们已经知道他将会说出一些有趣或聪明的话出来。而且他知道，无论他说什么，观众都会把它往好处想。就像弹奏一架半自动的乐器。你只需触摸琴键，张大嘴巴。

"你是那些判断书好坏的人，"他说，"而我唯一能做的就是继续写下去。"

观众席传来一阵感叹。就好像观众们正在聚精会神，领悟他只言片语背后的深意。天哪。

"这就是你，奥德·梦想家，一直在做的事，"埃丝特·阿博特边翻着面前的稿子，边说道，"你一直都在写作，一直都在创造新故事吗？"

奥德·瑞门点点头。"只要我有空闲，我就会创作。刚刚，就在我走到舞台前，也在构思。"

"真的吗？那你会不会把此刻也写进小说？"

观众的笑声，在奥德·瑞门转身并看向他们后，如他所料地渐渐消散在沉默中。他微微一笑。等待着。令人颤动、令人无法呼吸的神圣瞬间……

"我想还是不了吧。"

笑声如波浪袭来。奥德·瑞门试着不要笑得太开怀。但当然，这是很难做到的事，尤其是在这种时刻——你感到大量无条件的爱直直钻入心中。

耳环

"哎呀！"

我看向后视镜。"出什么事了？"

"这个。"后座那位肥胖的女士说道。她举起手，食指和拇指之间夹着点东西。

"这是什么？"我把视线转回到路面上，问道。

"你看不到吗？一只耳环，我坐到它上头了。"

"对不起，"我说道，"一定是哪位乘客丢在车上的。"

"是呀，我也知道。但怎么会丢耳环呢？"

"你说什么？"

"人坐得笔直的时候，耳环是不会自己掉下来的。"

"我不知道，"我一边说着，一边踩下刹车。前面是镇上唯一的十字路口，正闪着红灯。"你是我今天载的第一位乘客，我也是刚刚才接手这辆车。"

车停稳后，我再次看向后视镜。那位女士正认真研究着那只耳环。耳环可能本来掉在座位夹缝处，当她的大屁股压住两边的坐垫时，耳环就被挤了出来。

我看向耳环，心中一惊。我试着立刻驱散这感觉，因为像这样简单的耳环，没准被卖出过上千只。

那位女士抬起头，与看着后视镜的我四目相交。"这是只很好的耳环，"她说着，把耳环递给我，"你最好想办法找到它的主人。"

迎着灰蒙蒙的晨光，我举起耳环。针是金的。天哪。我把它转圈看了看，没有商标，也没有制造商的名字。我告诉自己不要轻易下结论，珍珠耳环长得都差不多。

"绿灯了。"那位女士说道。

帕勒——这辆出租车的真正主人——上的是夜班，所以我一直等到十点，把车在售货亭旁的出租车候客处停好后，才给他打了电话。二十年前，帕勒放弃在格陵兰踢乙级联赛的机会，过来帮我们的地区球队摆脱丙级的命运。如果说他没有成功做到这一点的话，那么至少据他自己说，他做到了和那时镇上所有从十八岁到三十岁的娘们上床。

"我想我们可以很确定地说，我就是队里的最佳射手。"有次在酒吧，他是这么跟我说的。说的时候，他用食指和拇指搓着他那华丽的金色胡须。也许吧。他踢球的时候我还只是个孩子，只知道他从众多可供选择的对象里找了一个结婚。她父亲是出租车司机工会的工头，所以当帕勒退役时，他立刻拿到了出租车司机的执照，无须像别人那样排队苦等。而我，作为帕勒的转包司机，已经等了五年，但仍然没有拿到这张金灿灿的入场券。

"有什么事吗？"帕勒问道，语带威胁。只要我在我当班的时候打电话给他，他都是这副德行。他很怕我撞车了，或者车本身出毛病。我知道他多半会把这些事怪到我头上，哪怕是别人撞到我，或者是这辆破旧的老奔驰本来的机械故障。他太吝啬了，连定期保养都不愿做。

"有人打电话给你找耳环吗？"我问道。

"耳环？"

"在后座上。准确来说,在两个坐垫间的凹陷处。"

"没有,不过如果我听到什么消息,我会转告你。"

"我在想……"

"嗯?"帕勒听上去没什么耐心,好像我吵醒了他。夜班通常在凌晨两点交班,也就是镇上的两家酒吧打烊一小时后。之后就只有一辆出租车值夜班,司机们轮流值班。

"文克昨天上了我们的车吗?"

我知道帕勒不喜欢我把这辆出租车叫作"我们的车",毕竟实际上车是他的,但我时不时会忘记这件事。

"那是她的耳环吗?"我听到帕勒在打哈欠。

"我也想知道。看起来很像是她的。"

"那为什么你不直接给她打电话,非要把我吵醒?"

"好吧。"

"好什么?"

"耳环不会自己掉下来,尤其是你坐直的时候。"我说道。

"不会吗?"

"别人是这样说的。她昨晚在车上吗?"

"让我想想,"在他继续往下说之前,我听见那头帕勒的打火机啪嗒响了一声,"她没坐我的车,但我好像在一点左右看见她排队等出租车,就在'自由落体'外头,我可以帮你打听一下。"

"我不是想知道文克坐了哪辆车,我只是想知道这耳环的主人是谁。"我说道。

"嗯,很显然,这我就帮不上忙了。"

"你是之前开车的人。"

"那又如何呢?如果它掉在座椅的夹缝里,可能已经在那儿待了好几天。你总不能指望我记得每单接过的客人吧。如果这耳环真值几个钱,失主一定会打电话来。你加满刹车油了吗?我昨天开工差点把车开到海里去。"

"等事情消停一点,我会去加的。"我说。这是那个可恶的家伙帕勒会打发我去做的最典型的麻烦事,他从不自己去。作为转包司机,我的收入不是以工作时长计算的,我只能拿到自己接单时收入的百分之四十。

"记得两点去医院接人。"他说。

"当然,当然。"我说着就挂断了电话,再次研究起耳环来。我希望是我看错了。

后门开了,我还没听到人说话就闻到了一股味道。你可能会以为,出租车司机很习惯那股透着馊味、令人作呕的甜腻,那种新酒混着旧酒的味道。这种气味通常来自领到社会福利金的酗酒者,他们刚买了新一轮的酒,在其中一人家中搞了晨间聚会。但实际上,我从没习惯这股味道。每一年,我都会更受不了这种味道,现在它会让我的胃翻腾起来。我听见购物袋里瓶子碰撞的声音,接着是口齿不清的说话声:"内加德韦恩路12号。赶紧的。"

我转动钥匙点火。刹车油不足的警告灯已经闪烁了一周多了,每次开车,你都必须把油门稍稍往下多踩点。从帕勒的车库到码头边缘的斜坡确实挺陡的,一到冬天就变得很危险,但他说自己差点开进海里还是太夸张。不过也是,当我对帕勒的排班(他总是把周中夜晚和周末白天的时间给我,把余下挣大钱的时间留给自己)感到厌倦和恶心的时候——在某些冬夜,当我把出租车停在他车库外头,换自己的车开回家时——我确实默默祈祷过他开车时在冰面上打滑,这样我就可以在出租车司机牌照的队伍里往前挪一位。

"请不要在车里吸烟。"我说道。

"闭上你的嘴,"后座的人吼道,"谁付钱,你还是我?"

大概是我,我想。我只拿百分之四十的收入,还要减去百分之四十让你喝到死的税金,而我唯一能祈祷的就是你尽快把自己喝死。

"你说什么?"那个后座的人问道。

"请勿吸烟,"我说,指着仪表盘上的标志,"违者要交五百克朗罚款。"

"放轻松点,小子,"香烟的烟雾弥漫在座椅之间,"我有钱。"

我把前后的玻璃都摇下来,想着这五百克朗不会体现在计价器上,直接可以进我的口袋,因为帕勒抽烟抽得很凶,他不可能察觉到车上有烟味。同时我也知道,实际上,我会乖乖地把钱都交上去,自己一分都得不到。帕勒声称是他把车里打扫干净的,我们俩都知道,他从未做过这件事。每一次都是我实在无法忍受车的脏乱,自己动手打扫的。

我停在内加德韦恩路上。计价器显示一百九十五。

那个醉鬼给我一张二百克朗的纸币。"不用找了。"他说着,起身要走。

"嘿!"我叫道,"给我六百九十五克朗。"

"上头写着一百九十五。"

"你在我的出租车里吸烟了。"

"我吸了吗?我不记得了。我只记得那该死的风。"

"你吸烟了。"

"拿出证据来。"

他甩上身后的门,走向街区入口。他的袋子里,几瓶酒发出欢快的碰撞声。

我看了眼时间。这恶心的工作还有六个小时才结束。之后我要和岳父岳母吃晚饭。我不知道自己更讨厌哪件事。我把耳环从口袋里拿出来，再次研究起来。滚圆的灰珍珠上插着一根针，像是被绳牵着的气球。我想起小时候五月十七日的国庆节，当时我还太小，不能参加游行，只能和祖父一起站着看。他给我买了气球。可能我一时走神，松开了气球的绳子，它就飘去了很高很远的地方。我号啕大哭。祖父让我哭了个够，接着解释他不给我再买一个气球的原因。"这是为了告诉你，当你有机会得到你梦寐以求的东西时，你必须牢牢抓住它，因为在生活中，没人会给你第二次机会。"

也许他是对的。当我和文克看对眼时，我感觉自己像是得到了一个期待已久的气球，虽然我买不起，但还是得到了。一次机会。所以我抓得很牢。不放手，一秒也不会。也许我抓得太紧了。我时不时能感觉到绳子上反向的拉力。这耳环曾是一件稍有些奢侈的圣诞礼物，至少，和她送给我的比约恩博格牌的内裤比起来很奢侈。但这是那对耳环中的一只吗？看上去很像。事实上，就我所见，它和我送的那对耳环一模一样，但无论是我手上这只，还是我送给文克的那对，都没有特别的标记能让我立刻知道答案。昨晚，文克在我睡着后才回到家，她和两个朋友计划了很久要串酒吧喝酒，终于成行。两位都是年轻妈妈，终于为自己安排了一个没有小孩的夜晚。

我借机指出，哪怕有了小孩，人依旧可以有自己的生活。文克嘟囔着让我不要再往下说了，她还没有做好准备。她没有点出她对谁没有做好准备，是我，还是小孩。她话只说到这里。文克需要空间喘息，比普通人多得多的空间。我之前就知道，是的，我理解。而且我真的很想给她空间，但不知怎么的，我就是做不到。我没法放松手中的绳子。

人坐得笔直的时候，耳环是不会自己掉下来的。

如果她在帕勒的车后座上和别人鬼混，她一定是对我很生气了，因为她知道帕勒是我的雇主。但她一喝酒就会做很疯狂的事情。就像是我们第一次做爱，那一次我们都喝醉了。凌晨两点，她坚持要去足球场上做，就靠着其中一个球门的门柱。后来我发现她和守门员有过一段情，他不久前才甩掉她。

我把她的号码输进拨号盘，盯着屏幕看了许久，接着把手机扔进座椅之间的中控台里，打开收音机。

五点时，我把车停在了帕勒的车库外头。五点半，我洗完澡，换好衣服，待在门厅等文克。她还在浴室，一边化妆，一边打着电话。

"好的，好的，好的！"她从浴室出来，发现我在等她，烦躁地说，"如果你要对我说三道四，我们可能会更迟。"

我没有多说一个字，心里明白我唯一能做的事情就是继续这样下去。闭上嘴，握紧手中气球的绳子。

"你一定要这样站着吗？"她一边抱怨，一边费力地穿上黑色的长筒靴。

"哪样？"

"双手叠在胸前。"

我展开双臂。

"还有，不要看你的表。"她说道。

"我没有看——"

"想都不要想！我已经跟他们说过了，我们到了就到了。天哪，你真让我心烦。"

我走出去，坐进车里。她跟上来，对着镜子检查口红。我沉默地开着车，她也没说话。

"你跟谁打电话呢？"我问她。

"妈妈。"文克说，用食指抹着自己的下唇。

"要聊这么久？而且就在见面前五分钟？"

"有法律禁止这么做吗？"

"今天还有别人来吗？"

"别人？"

"除了你父母和我们俩？你可是有好好打扮呢。"

"有人请客在外头吃饭，打扮得当总没有坏处吧。就拿你来说，你明明可以穿上那件黑色西装外套，而不是打扮得像是要去木屋度假。"

"你爸爸肯定会穿他的针织毛衣，所以我也穿成这样。"

"他比你大。再说表示一下尊重又没什么坏处。"

"是呀，尊重。"我说。

"什么？"

我摇摇头，说没什么。继续握紧绳子。

"耳环很漂亮。"我说道，眼睛没离开路面。

"谢了。"她用几乎可以算是惊讶的语气说道，我用余光瞟到，她几乎是自动抬起一只手遮住耳朵。

"但为什么你没有戴我圣诞节送你的那对？"我问道。

"我天天都戴着呀。"

"是的，所以为什么现在不戴呢？"

"上帝呀，你又来了。"

我看到她还在摆弄着耳环。银质耳环。

"这对耳环是妈妈给我的,所以我想,也许我戴着它们去见她,她会很高兴,好吗?"

"一定,一定会的,"我说道,"我就是问问。"

她叹了口气,摇摇头,都不用说出那句"你真让我心烦"。

"我听说很快就轮到你拿到出租车执照了。"文克的父亲说着,用一把巨大的三齿餐叉叉起烤干的牛肉片,放进他的盘子里。我还没尝烤牛肉,但我知道肯定烤得干透了。我在的时候他们总是点烤牛肉,而且总是烤得那么干。有时候,我想象这可能是一种考验,他们只是在等,等有一天我把餐盘扔在墙上,吼说我他妈再也受不了了,受不了他们,受不了这种烤牛肉,也受不了他们的女儿。这样他们就会长舒一口气。

"是的,"我说,"布罗尔松的叔叔今年夏天退休,之后他就能拿到执照,我就排在他后面。"

"你觉得轮到你还要多久?"

"这取决于下一个出租车司机什么时候退休。"

"我知道,我是想问,那会是在几年后?"

"嗯。鲁德是剩下的人里头年纪最大的。他大概五十五岁了。"

"那么,他可能至少还会再开十年出租车。"

"是的。"我把玻璃杯举到嘴边喝水,为了接下来的一阵大嚼,我得先润润口腔。

"我才读到,挪威出租车服务是世界上最贵的,"我的岳父说,"这可能并不让人吃惊,毕竟我们都知道,挪威的出租车业可能也是全世界运行得最差的。那些愚蠢的政治家放任恶棍做生意,让他们抢劫那些没得选的乘客。在别的国家,我们还能得到多多少少算是像样的出租车服务。"

"你肯定说的是奥斯陆，"我说道，"别忘了，在我们国家，运营出租车的成本很高。"

"有的是运营成本比挪威更高的国家，"文克的父亲说，"挪威的出租车不仅是全世界最贵，还是独一档的贵。我读到，在奥斯陆，白天跑五公里的收费，比第二贵的苏黎世高出百分之二十，比第三名卢森堡高出百分之五十。噢，是的，把名单上的其他国家都比下去了。你知道在基辅——它甚至不是全世界消费最低的城市，你可以用在奥斯陆打一辆车的钱打到多少辆车？不是两辆，不是三辆，不是五辆，甚至不是十辆。是整整二十辆。在挪威。一个可怜虫搭出租车去火车站付的钱，够接送基辅一个班的学生了。"

"那是在奥斯陆，"我说着，调整了一下坐姿，裤子里的耳环针扎进了我的肉里，"不是这里。"

"所以让我感到惊讶的是，"文克的父亲说，用餐巾纸擦着薄薄的嘴唇，同时文克的母亲又帮他倒了杯水，"为什么我们国家的某些司机，虽说没有自己的车，还是挣不到体面的薪水。"

"是呀，你说说看。"

"好的，那我继续往下说。在奥斯陆，他们发了太多的出租车执照，不得不把价格定高，才能维持他们已经习惯的高标准生活。这意味着顾客更少了，所以价格越涨越高，到最后，只有极少一部分没有其他交通工具可选的乘客才会被他们抢劫。所以整个出租车司机大军都停在招徕客人的地方，无所事事，只能抓抓屁股，抱怨那些靠失业救济金生活的穷鬼。实际上他们也靠救济金生活，只不过是乘客在付这个钱。接着，优步出现并冲击了这个本就摇摇欲坠的行业，出租车司机工会及其所有逃税的成员怒不可遏，坚称他们有独家权利——他们只是坐在一辆停着的出租车里,就该为此得到报酬。唯一的赢家是梅赛德斯,这家公司能卖掉不少别处用不上的车。"

他的声音没有变得更响亮,只是语气更激烈了,我知道文克一定在用被逗乐的眼神看着我。她喜欢她父亲这样对我说教。她甚至说过,她父亲说话和做事的方式才是真正的男人应该有的样子,我应该努力向他学习。

"无论如何,这就是我的计划。"我说。

"什么?"

"等待,拿到执照,接着买一辆没用的奔驰。"我轻笑一声,但桌上其他人都没有笑。

"看呀,阿蒙和奥斯陆的出租车司机一样,"文克说道,"他喜欢排队等待,希望某一天好事会发生。他不是实干派,不像我认识的其他人。"

她母亲开口转移了话题,我不记得她说了什么,只记得我坐在那里一直嚼啊嚼,嚼着一片牛肉。它吃上去的感觉,像是它也曾度过了艰难的一生。而我在想,文克说起她认识的其他人,究竟是什么意思。


"你可以把我放在酒吧那边。"开车回家的路上,文克跟我说。

"现在?已经九点了。"

"女孩们都已经到啦。我们说好了今晚聚会,以酒解酒。"

"听上去是个好主意。也许我也应该一起……"

"重点就在于摆脱丈夫和孩子们一会儿。"

"我可以坐在另一桌。"

"阿蒙!"

不要抓得那么紧，我想。不要抓到手抽筋，那样你将会失去所有感觉，甚至连绳子还在不在手中都感觉不到。

独自回家后，我上楼进卧室，开始翻文克平时放小饰品的抽屉。我打开珠宝盒，看见戒指和金项链。有一条项链看上去很新，我似乎从没见过。接着，我检查起耳环来。首先是一个空的盒子——可能是放她今晚戴的银耳环的。接着是一对别致的珍珠耳环，蓝色的环围着灰色的珍珠，看上去像是狭窄的赤道线。这是她父亲送的，她还给耳环取了名，叫作土星环。但我找不到我送她的那对耳环，甚至连盒子都没找到。我翻遍了别的抽屉、衣柜、她的洗漱袋和她的手袋，甚至翻了她外套和裤子的口袋。哪里都找不到。这意味着什么呢？

我走到厨房，从冰箱里拿出一瓶啤酒，坐在餐桌边。我没有证据。我也没法确认，但不管怎么样，我都感觉现在已经没有另一种可能性了。我不得不把那些一直在想但一再否定和推迟的想法全部翻出来，直到我找到放着那对耳环的盒子。直到我能确定什么。

实际上，怀疑文克和别人在后座上鬼混并不是最让我烦心的事情。而是帕勒否认文克昨晚在我们的车上。为什么他要撒谎呢？这只有两种可能的解释。他不想说三道四，或者文克让帕勒别说出去。或者，帕勒就是在后座鬼混的另一个人。这一可能性浮现后，我就再也无法阻挡我的想象了。我似乎看见帕勒的小屁股在文克身上一上一下，文克高喊着他的名字，就像她在门柱边喊我的名字那样，她和我在一起的第一年一直那样，直到我们结婚。脑内的画面让我反胃。它确实让我吐了。文克是我身上发生过的最好也是最糟糕的事情，但更重要的是，她是我生命里唯一真正发生过的事情。并不是说我在遇到她之前是个处男，而是我此前有的那些经历随便谁都拥有。仅仅凭着让我上她，文克就成了唯一。我的自我因此得到提升。随着日子一天天过去，她越来越清楚她本可以找到比我更好的对象。自然，她强迫我再次放低自我。但我从没有回到遇到她之前那么低。文克曾是我的氦气球，现在仍是。只要我紧紧抓住那根绳子，我就能感觉到自己轻了一点点，被抬高了一点点。

现在我有两种选择。拿我的发现与她对质。或者闭上我的嘴，像之前一样过下去。第一个选项有失去她和工作的风险——如果真的是帕勒和她搞在一起的话。

第二个选项有失去自尊的风险。

我第一反应是选第二条路。

但选择第一条路，对质，自然包括另一种可能，她可能会编造出与我想象截然不同的说法，来解释为什么耳环最后会出现在座位之间。一个让我也觉得可信的解释。这种解释也让我不必在余生都想象着那个上了年纪但依然紧致的足球运动员的屁股。也许我敢去与她对质，表现出我愿意冒失去一切的风险，会让她明白我并不是一个等待事情发生的人。我能行动，我能掌握自己的命运。等执照那件事是法规如此，不是我的错。

对。我应该与她对质。

我又开了一瓶啤酒，等待着。汗流浃背地等待着。

冰箱上贴着我们俩和朋友的合影。那是八年前拍的，在婚礼上，每个人都看上去那么年轻，不像是只过去了八年。天哪，我那天是多么骄傲和快乐呀。我相信我可以这么形容：幸福。因为那时我还年轻，觉得发生的每一件好事都是开端，而非结尾。我从没想过，那一天，那几个月，也许那一整年，是生活能够给我的全部幸福时光。他妈的，我不知道我已走到幸福之巅，所以我并没有花时间去欣赏风景，还想着一山更比一山高。我看着这张照片挂在这里好几年，但今晚，它让我流泪了。是的，我哭了。

我看了看表，已经十一点了。我又开了一瓶啤酒，它能舒缓痛苦，尽管收效甚微。

电话响起时，我正打算开第四瓶啤酒。

我立刻接起来，肯定是文克。

"很抱歉这么晚打扰你，"一个女性的声音说，"我是埃林·汉森，请问你是出租车司机阿蒙·斯滕塞特吗？"

"是，怎么了？"

"我是从帕勒·易卜生那里拿到你的号码的。我想你可能找到了我落在他车上的耳环？"

"你的耳环是什么样的……？"

"非常常见的珍珠耳环。"埃林·汉森说道，如果此刻她就在这个厨房里，我一定会抱住她。我心里是那么高兴，感觉她都能听出来。

"没错。"我说。

"噢，太好了！那是我妈妈送我的礼物。"

"嗯，这样的话，我更高兴我捡到了它。"我说。能通过电话与埃林·汉森，一个完完全全的陌生人，分享那么多快乐和如释重负的感觉，这实在是太奇妙了。

"这不是很奇怪吗？"我说道，"你某天先得到坏消息，之后发现这消息不对，那么这一天会比你没得到坏消息的平常一天更加美好。"

"我从没这么想过，但确实，你可能是对的。"她笑着说。

我知道一切都是因为我开心，但我感觉埃林·汉森的笑声很可爱，她听上去是个很好的人。实际上，她听上去像个美人。

"呃……我什么时候可以拿回耳环呢？我该去哪里拿？"

有一瞬间，我差点脱口而出说，我这会儿就把耳环送过去，无论她在哪儿。随后我恢复自控，不让念头和感情跑得比我的话还快。

"我明天开日班出租，"我说道，"你给我打电话，我会告诉你我什么时候到售货亭那个出租车站。或者什么时候在那附近。"

"太好了。谢谢你，阿蒙！"

"没关系，埃林。"

通话结束。带着体内仍奔涌的喜悦，我喝完了剩下的啤酒。

当文克爬上床时，已过午夜。她可能知道我还没睡着，但她仍然非常安静，移动时很小心。我听见她在我背后躺下，屏住呼吸，好像在认真听我的呼吸。随后，我就坠入了梦乡。

第二天我醒来，兴高采烈，急着出门。

"你这是怎么了？"吃着早餐，文克问我。

"没事，"我微笑道，"你还是没戴我送你的耳环。"

"你能不能不要再提这件事了？"她抱怨道，"我把它们借给托里尔了。她觉得我戴着好看，问我能不能借她去参加公司聚餐。我今晚会见到她，到时候会把耳环拿回来，行了吧？"

"很高兴其他人也觉得耳环很适合你。"我说。

她扮了个鬼脸，我把剩下的咖啡一饮而尽，如脚上生翼，几乎飞出了房间。

像第一次约会的少年，我既害怕，又兴奋。

在帕勒家停好自己的车后，我钻进出租车，沿着斜坡一路下滑。我能感觉到刹车踏板变得更松了，于是打电话给修车厂的托德，问他明天有没有空修车。

"明天可以,但如果你今天就能开过来,我们就有更多时间检修。"托德说。

我没有回答。

"我懂了,"托德说,我能听到他在笑,"帕勒明天开日班,而你对总在自己当班的时候修车这件事很不爽。"

"谢谢。"我说。

十点时,电话响了。

我看屏幕,是埃林。

我只说了一声"嘿"。

"嘿。"她回复道,好像她知道不需要报出自己的名字,我就能认出这个号码。她的声音听起来是不是有点紧张,甚至有点焦虑?也许不是,也许只是我希望她听上去如此。

我们约好十点半在出租车站见面。我接了个快单,之后就停好了车,并示意耶尔贝特和阿克塞尔森把车停在我前头。在等待的那段时间里,我尽量不去胡思乱想。因为此刻在我大脑里争斗的一切幻想、一切期待很快都会化为乌有;很快,我就能知道结果。

乘客那一侧的门开了,在听到声音前,我闻到了香水的味道。六月小屋外的一片花圃。八月的苹果。十月从海面吹来的西风。当然,我知道我在夸大其词,但这些都是我当时产生的联想。

"你好呀。"她听上去有点喘不上气,好像刚刚是着急地走过来的。她的年纪比我想象的要更大一些。可以这么说,她的声音比脸年轻。也许她也是这么想我的,也许我在电话里更有吸引力,我不知道。但毋庸置疑,埃林曾是个美人。唾手可得,我想。是的,我确实这么想。帕勒的用词是"可做的"。我想做吗?是的,我想。

"谢谢你帮我保管耳环，阿蒙。"

她直奔主题。好像她想马上了结这件事。我不知道她是害羞、紧张还是我让她失望了。

"耳环在这里，"我说着，把耳环递给她，"反正，这是我找到的那个。"

她仔细检查了耳环。"噢，对的，"她说得很慢，"这是我的耳环。"

"那就好，"我说，"我猜，这么特别的耳环，掉了一只的话，不太容易找到另一只来配。"

"确实，确实。"她点点头，认真盯着耳环。她似乎不敢看我，好像一旦看见我，某些她不希望发生的事情就会发生。

我什么话都没说，只感到喉咙那里的血管像在被锤子敲，敲得那么狠，我知道如果我试着说话，声音里的颤动就会出卖我。

"嗯，再次谢谢你。"埃林说，手摸索着车门开关。也许，她像我一样感到恐慌。自然，她坐上车时，手上戴着结婚戒指。她化了妆，但晨光很无情。她至少比我大五岁，甚至可能是十岁。但她仍是"可做的"。当我年轻时，她肯定更为可人。

"你认识帕勒吗？"我问道，声音没有发抖。

她迟疑了："嗯，听过，也认识。"

这就是我需要的答案。"耳环不会自己掉下来，尤其是你坐直的时候。"我瞥了一眼后视镜。它看起来像是被撞过，需要调紧。

"看来有客人要来。"我说。

"啊是呀，"她说，"再次谢谢你。"

"不用谢。"

她离开车，我看着她穿过广场。

她不知道，没有人知道，但我刚刚走出监狱。现在我在监狱外面，呼吸着不熟悉的空气，品味着全新的、令人恐惧的自由。现在只需要坚持下去，尽可能地利用这种自由，不要重蹈覆辙，再次回到高墙之内。我应该能做到。接下来，我要证明给自己看。

到下午五点时，我已经度过了美好的一天。我甚至还拿到了一些小费，这可是罕见的。是因为我一整天心情都很好吗？这个新的我，可以这么说吗？

我把出租车停在帕勒的车库里。他把工具都挂在墙上。我花了二十分钟就做完了早该做的事。

我钻回自己的车里，打电话给文克，告诉她，今晚我买了她最喜欢的一款白葡萄酒来搭配晚餐。

"你今天怎么啦？"她再次问我，但这次没有带着早餐时的不满。几乎可以说是好奇。为什么不好奇呢？现在的我是一个新的我，也许对她来说，我也是一个新的我。

回家的路上，我一直在哼歌，只用一只手握着方向盘。转向。我喜欢转向。我把另一只手揣在裤兜里，想着我刚在车库里抽干的刹车液。我想知道帕勒到底看上埃林什么了，还是他们俩本来就看对眼了？我也想知道，他们俩的关系到底有多近。近到当帕勒意识到我一定会把他、耳环和文克联系在一起时，立刻求助于埃林，让她出面。可能在我打电话问起耳环的事之后，他立刻就给文克打了电话。而文克随后就把只剩一只耳环的盒子藏了起来。说把耳环借给了朋友，真是一招好棋。她今晚是要出去，但不是去见托里尔或其他朋友。她要去见帕勒，而根据计划，帕勒已经拿到了我交给埃林的耳环。但文克永远也不会从帕勒那儿拿到耳环了。他们在后座鬼混时，帕勒肯定没留意文克戴的耳环长什么样。自然，他也就注意不到埃林给他的耳环上面有条窄带,就像是蓝色的赤道线。他不可能注意到。

不,帕勒没法把土星环交给文克。他没法给她任何一只丢失的耳环。文克也不会知道他们俩都被耍了,这对野鸳鸯。因为从今天下午起,按他们的说法,帕勒已不再与我们同在。她也只能凑合过下去。也就是和我一起。但我想,她会开始喜欢我的。这个新的我。在帕勒意外死亡后,下一个领出租车执照的就是我了。我对着后视镜里的自己微笑,一只手打方向盘,另一只手的仍在口袋里。口袋里的手,紧紧抓着我送给文克的那只耳环的针。轻柔,但牢牢地抓着。用抓气球绳子的方式抓着。

SJALUSIMANNEN OG ANDRE FORTELLINGER
(THE JEALOUSY MAN AND OTHER STORIES):
Copyright © 2021 by Jo Nesbø
Published by agreement with Salomonsson Agency, through The Grayhawk Agency.

© 中南博集天卷文化传媒有限公司。本书版权受法律保护。未经权利人许可，任何人不得以任何方式使用本书包括正文、插图、封面、版式等任何部分内容，违者将受到法律制裁。

著作权合同登记号：字18-2024-322

### 图书在版编目（CIP）数据

嫉妒的男人 /（挪）尤·奈斯博著；徐海凌译 .
长沙：湖南文艺出版社 , 2025. 6. -- ISBN 978-7-5726-2267-0

Ⅰ . I533.45

中国国家版本馆 CIP 数据核字第 2025AS1673 号

上架建议：畅销·悬疑小说

JIDU DE NANREN
嫉妒的男人

| 著　　者： | ［挪威］尤·奈斯博 |
|---|---|
| 译　　者： | 徐海凌 |
| 出 版 人： | 陈新文 |
| 责任编辑： | 张　璐 |
| 监　　制： | 吴文娟 |
| 策划编辑： | 董　卉 |
| 特约编辑： | 顾笑奕 |
| 版权支持： | 辛　艳　张雪珂 |
| 营销编辑： | 傅　丽 |
| 封面设计： | 利　锐 |
| 出　　版： | 湖南文艺出版社 |
| | （长沙市雨花区东二环一段 508 号　邮编：410014） |
| 网　　址： | www.hnwy.net |
| 印　　刷： | 天津丰富彩艺印刷有限公司 |
| 经　　销： | 新华书店 |
| 开　　本： | 875 mm×1230 mm　1/32 |
| 字　　数： | 187 千字 |
| 印　　张： | 7.5 |
| 版　　次： | 2025 年 6 月第 1 版 |
| 印　　次： | 2025 年 6 月第 1 次印刷 |
| 书　　号： | ISBN 978-7-5726-2267-0 |
| 定　　价： | 49.00 元 |

若有质量问题，请致电质量监督电话：010-59096394
团购电话：010-59320018